채널명은
비밀입니다

차례

1부 탐색 _____ 007

2부 입장 _____ 069

3부 귀환 _____ 141

작가의 말 188

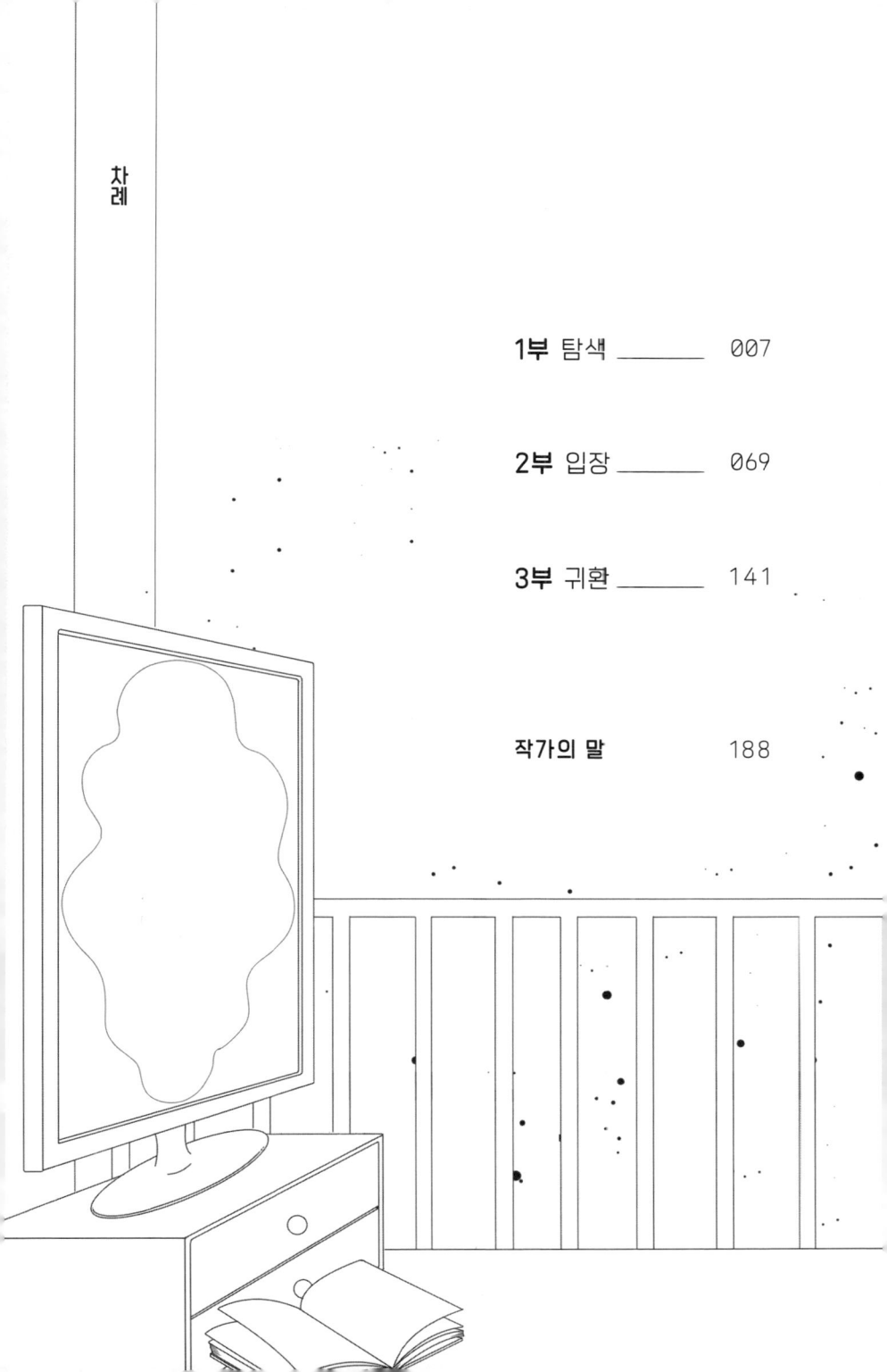

1부

탐색

1

깊은 밤 잠에서 깼다. 가끔 겪는 일이지만, 유난히 정신이 또렷했다. 누군가 일부러 깨운 것 같았다. 영원한 비밀은 없다. 비밀은 저마다 기한이 있고, 적당한 순간 드러난다. 그 밤이 그런 때였다.

*

일찍 잠들어도 중간에 깨는 경우가 많았다. 악몽을 자주 꾸고, 가위에도 잘 눌렸다. 보약을 여러 번 먹었으나 효과가 없었다. 일 년 전인가 엄마가 홈쇼핑에서 샀다며 수면 영양 패치를 붙여 보라고 했다. 다행히 잘 맞았다. 그 후로 자다가 뒤척이거나 깨는 일이 눈에 띄게 줄었다. 지난밤 독서실에서 돌아와 너무 졸린 나머지 패치를 붙이지 않고 누웠다. 시험 기간 내내 잠이 부족했고, 아무리 좋은 약이라도 너무 자주 쓰면 내성이 생기지 않을까 하는 염려가 불현듯 몰려왔다. 그대로 잠든 것 같은데 한밤중 문득 눈이 떠진 것이다.
　침대에서 벗어나 서너 걸음 디뎠을 때였다. 발바닥 아래에서 미세한 진동이 느껴졌다. 몇 걸음 더 가자 방이 좌우로 살짝, 위아래로 덜컥 움직였다. 얼마 전 경상도 어느 지역에서 진도 4.0의 지진이 발생했다는 뉴스를 봤다. 한국도 이제 지진 안전지대가 아니며, 지진의 원인이 되는 단층에 대한 체계적인 연구가 필요하다는 기자의 보도를 들은 기억이 났다. 지진이라면 엄마부터 깨워야 했다. 나는 서둘러 거실로 나갔다.
　소파가 비어 있었다. 엄마가 혼자 탈출했을 리 없다. 지진이 아니라 전쟁이 일어나도 집에 있을 사람이다. 안방, 화장실, 주방, 베란다까지 다 둘러봤지만 어디에도 엄마는 없었다. 엄마, 엄마. 나도 모르게 소리를 높였다. 맨날 같은 곳에 있는 엄마가 지겨우면서도 막상 그 자리에 없으면 불안하다. 아이고, 시끄러워, 이럴 때 보면 천생 애라니까, 하며 나와야 하는데, 아무리 기다려도 엄마는 나타나지 않았다.
　텔레비전은 평소처럼 켜져 있었다. 화면의 오른편 상단에 낚시 채널 로고가 보였다. 엄마가 최근 자주 보는 방송이다. 한 아저씨가 호수를 향해 낚싯대를 던지자 긴 낚싯줄이 포물선을 그리며 아름답게 펼쳐졌다. 지진이 나면 전자 제품의 전원부터 꺼야 한다고 했다. 리모컨을 집어 들고 버튼을 누르기도 전에, 나오던 방송이 저절로 사라졌다. 순식간에 화면 전체가 하얗게 바뀌고 정중앙에서 분홍색 고리 같은 것이 쉭쉭, 아니 휘이익 휘이익에 가까운 강한 바람 소리를 내며 돌아가고 있었다. 나는 뒤로 물러섰다. 이상한 일이 일어날 것 같았다.

내 예상이 맞았다. 분홍색 고리 중앙에서 검은 점 하나가 나타나는가 싶더니 순식간에 커져 화면을 뚫고 튀어나오는 것이었다. 2차원의 평면에 갇혀 있던 점이 3차원의 입체적 덩어리가 되는 순간이었다. 심지어 화면을 벗어난 덩어리는 세밀하게 분화되며 형체를 갖추어 갔다. 팔과 다리가 생기고 이내 머리까지 만들어졌다. 3D 프린터에서 프린트물이 출력되어 나오는 것 같았다. 텔레비전으로부터 완전히 빠져나와 거실 바닥에 떨어진 덩어리, 아니 최종 결과물은 놀랍게도 사람이었다.

자다가 깬 것이 아니라 꿈속에 있는 것인가. 가위에 자주 눌리는 인간에서 귀신을 보는 인간으로 진화한 것인가. 눈앞에서 일어난 일을 해석하기 위해 안간힘을 썼다. 하지만 텔레비전에서 튀어나온 사람이 몸을 돌리고 고개를 들었을 때, 나는 마취총에 맞기라도 한 것처럼 그대로 굳어 버렸다.

"희······ 희······."

상대의 입에서 목소리가 흘러나왔다. 휘이익 휙, 텔레비전에서는 여전히 강한 바람 소리가 났고, 바닥은 이전보다 심하게 흔들렸다.

"희진아!"

내 팔에 그 사람의 손이 닿는 감촉이 느껴졌다. 그때에야 비로소 '희진'이 내 이름이며, 내가 꿈속이 아닌 현실에 있음을 알았다. 또한 눈앞에 있는 사람은 환영이나 귀신이 아니라 실체이며, 나의 엄마라는 사실을 깨달았다.

"엄마?"

"그래, 엄마야. 괜찮아?"

괜찮지 않았다. 사람이, 그것도 엄마가 텔레비전 안에서 튀어나왔는데 괜찮으면 이상한 것 아닌가.

"정신 차려, 희진아."

그러고 싶었다. 하지만 정신이 내 의지와 상관없이 몸에서 서서히 빠져나갔다. 어느 순간 엄마가 흐리게 보였다. 거슬리던 바람 소리도 들리지 않았다.

2

 엄마는 두 세계를 산다. 텔레비전 안과 밖. 둘 중 어느 곳이 엄마의 진짜 세계인지, 나는 종종 헷갈린다.
 엄마는 일어나자마자 텔레비전을 켜서, 종일 보다가 리모컨을 쥐고 잠든다. 드라마, 뉴스, 예능, 교양, 스포츠 중계, 다큐멘터리, 음악 오디션 등 보는 프로그램과 채널에 한계가 없다. 엄마는 그 안에서 다양한 사람을 만나고 여러 도시와 나라를 돌아다닌다. 음식, 주방 기구, 세제, 옷 등 사야 할 것도 대부분 텔레비전에서 구입한다.
 초인종 소리에 나가 보니 홈쇼핑 로고가 찍힌 택배 상자가 놓여 있었다. 상자를 갖고 오자 그제야 엄마가 소파에서 일어났다.
 "청국장 먹을래? 아니면 돈가스?"
 "돈가스!"

"그래. 코미디언인가, 탤런트인가, 아무튼 연예인이 새로 출시했다는데 맛있어 보이더라."

엄마는 쇼 호스트처럼 등심 가스, 고구마 가스, 치즈 가스 등을 차례로 소개하고 나서 기본부터 맛보는 게 좋겠다며 등심 두 개를 에어프라이어에 넣었다. 나는 포크를 챙겨 식탁에 놓고 자리에 앉았다. 텔레비전에서는 남녀 여러 명이 나와 서로의 짝을 찾는 연애 프로그램이 방송되고 있었다. 한 여자를 두고 두 명의 남자가 데이트권을 얻기 위해 다투는 중이었다.

"남자 B랑 C 말이야, 지금 여자 A를 놓고 다투고 있어. 얼핏 보면 여자 A가 행복해 보이지. 하지만 여자 A는 둘에게 관심이 없어. 남자 D를 좋아하거든. 그런데 남자 D는 여자 B를 좋아해. 자기를 좋아하는 사람에게 갈 것이냐, 자기가 좋아하는 사람을 선택할 것이냐. 너무 궁금하지 않니?"

하나도 궁금하지 않았다. 내 연애도 아닌데, 누구를 고르든 알 바 아니었다. 하지만 엄마는 여자 A에게 감정을 이입한 나머지 점점 텔레비전으로 다가갔다. 거의 안으로 들어갈 기세였다. 삐비빅, 삐비빅. 에어프라이어의 알림 소리를 듣고서야 겨우 식탁으로 돌아왔다. 엄마 몰래 텔레비전 볼륨을 살짝 줄였다. 소리가 너무 커서 귀가 아플 지경이었다. 여자 A가 데이트하고 싶은 상대를 고르기 위해 단상에 올라섰을 때 프로그램이 끝났고, 뒤이어 실손 보험 광고가 흘러나왔다. 지금이라도 가입하세요, 어떤 병이 있어도 가입이 됩니다.

"아, 꼭 이럴 때 끝난다니까. 일주일을 어떻게 기다려."

원래 방송은 그럴 때 끝난다. 엄마는 매일 텔레비전을 보면서도 번번이 속고 아쉬워한다.

"달 탐사선을 달의 남극에 보내는 게 어렵대. 태양 빛이 들지 않아 그림자가 생기는 곳이 넓어서 그런 거라나. 하지만 남극에 광물이 있다는 증거가 있어서 자원을 얻기 위해선 남극으로 가는 게 유리한가 봐."

엄마는 다큐멘터리에서 봤다고 했다. 미국 증시가 연방준비제도의 추가 금리 인상으로 폭락했다든가, 어린이들 사이에 탕후루라는 간식이 인기가 있는데, 당분이 많아서 해로울 것 같다고도 했다. 애인은커녕 친구도 없는 사람이 연애에 관심을 갖고, 밤하늘에 뜬 달도 안 보면서 달 탐사에 열을 내고, 주식 한 주도 없는 사람이 미국 증시에 대해 얘기하며, 어린이는 질색이라면서 어린이 건강을 걱정하는 엄마가 기이하다는 생각이 들었다. 하지만 나는 별말 없이 연예인이 새로 출시한 돈가스를 집어 먹었다. 학교 앞 돈가스 전문점보다는 별로였지만 제법 맛있었다.

"중간고사는 잘 봤어?"

아무 관심이 없길래 시험 기간인지도 모르는 줄 알았다.

"몰라. 최종 점수는 아직 안 나왔어. 수행 평가까지 끝나야 결과가 나와."

"그래도 시험 결과는 선생님이 미리 알려 주시잖아."

"그럭저럭 본 것 같아."

남은 돈가스 한 점을 입에 넣고 일어나 접시와 포크를 싱크대에 넣었다.

"설거지는 엄마가 할게. 그냥 둬. 시험 보느라 고생했는데, 엄마가 그 정도는 해야지."

"오케이. 특별히 허락할게."

엄마의 호의를 기쁘게 받고 방으로 들어갔다. 해야 할 일이 많아 마음이 급하기는 했다. 중간고사가 끝났으니 모의고사를 대비해 국어 고전을 한번 정리하고 싶었다. 영어, 수학은 중학생 때부터 꾸준히 해서 별 어려움이 없었는데 국어는 빈구석이 많았다. 독서실 가기 전에 서점에 들러 책을 좀 훑어볼 생각이었다. 가방을 싸서 나오니 엄마는 그사이 샤워를 했는지 하루 중 가장 말끔한 모습으로 텔레비전 앞에 앉아 있었다.

"시험 끝났는데 친구들이랑 놀러나 가지. 넌 무슨 공부를 매일 하니? 지금 독서실 가면 아무도 없을 텐데."

"원래 공부는 매일 하는 거야."

"그래? 안 해 봐서 모르겠네."

"엄마야말로 좀 쉬어. 그놈의 텔레비전 지겹지도 않아?"

"텔레비전도 매일 봐야 해. 그래야 흐름이 안 끊겨."

엄마가 웃으며 빨리 나가라는 듯 손을 흔들었다.

현관문을 열고 밖으로 나왔다. 문 앞에 서서 숨을 깊게 들이마신 뒤 천천히 내쉬기를 반복했다. 집을 벗어나 바깥 공기를 마시니 살 것 같았다. 바깥 세계에서 들어오는 것이라면 작은 빛 하나도 허용하지 않겠다는 듯 두꺼운 암막 커튼을 치고 온종일 텔레비전에 빠져 사는 엄마를 보면 숨이 막혔다. 왜 저렇게 사나, 인생이 아깝지도 않나, 한심하고 화가 났다. 잘난 엄마나 자식을 위해 헌신하는 엄마는 바라지도 않는다. 나에게 뭔가 해 주지 않아도, 스스로 무너지지는 말았으면 좋겠다. 그것이 내가 엄마에게 바라는 유일한 소망이지만 쉽게 이루어질 것 같지 않다. 엄마가 은둔 생활을 해 온 것은 하루 이틀 일이 아니었다. 이미 십 년 가까이 된 일이다.

내가 초등학교에 들어가고 얼마 지난 후였다. 엄마를 기쁘게, 적어도 덜 힘들게 해 주고 싶었다. 어린 눈에도 엄마는 위태로워 보였다. 억지로 눈을 뜨고 겨우 움직이는 날이 많았다.

"엄마, 나 학교 가는 길 알아. 혼자서도 갈 수 있어."

"……."

"정말이야. 뒤따라와 볼래?"

엄마는 그날부터 며칠간 먼발치에서 등교하는 나를 지켜봤다. 그렇게 일주일을 지내고 나 혼자 학교에 보냈다.

"그래도…… 네가 똑똑해서 다행이야."

엄마가 말하며 설핏 웃었던 것 같다. '그래도'와 '네가 똑똑해서' 사이에 긴 간격이 있었다. 말줄임표 안에 어떤 아픔이 담겨 있는지 헤아릴 수 없었지만 혼자 걷는 내내 뿌듯하면서도 약간 슬펐던 것 같다. 지금의 나는 그때의 나를 후회한다. 내 똑똑함은 엄마에게 다행인 동시에 독이 되었기 때문이다. 내가 혼자서 잘 다니자 엄마는 억지로라도 움직이려던 의지를 완전히 놓아 버렸다. 집 안에 머물며 누구도 만나지 않았고, 텔레비전만 봤다. 늦은 밤 쓰레기를 버리러 나가는 게 외출의 전부였다. 엄마와 언제 마지막으로 외식을 하고 산책을 했는지 기억이 나지 않는다. 병원도, 학원도, 학교 상담도 할아버지와 다녔다. 나는 왜 학교 가는 길을 빨리 알았을까. 엄마랑 같이 갈래, 엄마 없으면 안 가, 똑똑한 척하는 대신 매달리고 졸랐다면 어땠을까. 그러면 엄마가 지금과 조금은 달랐을까.

엄마는 텔레비전 밖 세계엔 아무 관심이 없다. 밖에서 만나는 사람은 나와, 가끔 찾아오는 할아버지뿐이다. 주로 다니는 장소라 해 봐야 우리 집 거실, 엄밀히 말하면 텔레비전 앞 반경 1미터 부근 정도다.

엄마의 진짜 세계는 텔레비전 안이다. 거기에 엄마가 만나는 사람과 좋아하는 장소, 모든 것이 들어 있다.

3

독서실은 텅 비어 있었다. 학생은 없고, 어른 몇 명만 드문드문 앉아 있을 뿐이었다. 동네에 있는 대부분의 중고등학교에서 중간고사가 끝난 주였다. 윤아는 시험 기간 내내 공부도 안 했으면서, 일주일 정도는 독서실에 안 나오고 쉴 거라 했다 상우는 PC방에서 그동안 못한 게임을 하고 있을 게 분명하다.

"희진아, 시험 끝났는데 하루만 쉬어. 휴게실에서 고3 선배들이 하는 말 들었는데, 고등학교 공부는 마라톤이래 너처럼 초반에 죽기 살기로 하면 지친다니까."

"세상에서 제일 맛있는 짜장라면 사 줄게. 나 따라 PC방 가자."

윤아가 '고등학교 공부는 마라톤'이라는 철 지난 은유를 들먹이고, 상우는 'PC방 짜장라면이 세상에서 제일 맛있다'는 근거 없는 비약으로 유혹했지만, 나는 둘 다 거절하고 독서실에 갔다.

알파독서실에는 공부에 대해 조언을 해 줄 정도로 성적이 좋은 고3 선배도 없고, 짜장라면보다 국물라면을 더 좋아한다는 이유도 있었지만, 무엇보다 나는 시험 끝나는 날에도 쉬이 놀지 못할 만큼 불안이 심했다. 놀더라도 독서실에서 놀아야 마음이 편했다. 중학교에 들어가면서부터 1등을 놓친 적 없지만, 한 번도 학교생활을 마음껏 즐기거나 행복한 적이 없다. 등수란 언제든 바뀔 수 있는 연약한 숫자에 불과했으므로 마음 한구석엔 깊은 불안이 있었다. 더구나 내 결과물은 뛰어난 지능이나 부모의 지원이 아닌, 순전히 노력에 바탕을 둔 것이어서 더 그랬다. 내가 흔들리면 그대로 끝이라는 생각이었다. 남들 놀 때 놀지 못하고, 쉴 때 쉬지 못했다. 죽기 살기로 공부해서 몸이 피곤할수록 마음이 놓였다.

솔직히 말하면 나는 공부 때문에 살았다. 세상에는 저절로 받아들여지는 사람도 있지만, 끊임없이 존재의 이유와 가치를 증명해야 하는 사람도 있다. 공부가 없었다면 나는 지금처럼 존엄한 대우를 받으며 살아남지 못했을 것이다.

"초등학교 때는 다 잘하니까 그러려니 했는데, 중학교 들어가서 1년 내내 전교 1등이래. 선생님이 따로 전화를 주셨더라고."

"전교에서 1등?"

"응. 2, 3등이랑 월등히 차이가 난대. 희진이가 나를 안 닮고, 할아버지를 닮았나 봐. 다행이지 뭐야."

나를 외면하던 할아버지가 처음으로 내 눈을 똑바로 본 날이었다. 엄마 발목을 잡은 천덕꾸러기에서 할아버지를 닮은 영특한 손주이자 집안의 기대주로 등극한 순간이었다. 선생님들이 구석에 있는 나를 주목한 이유도, 나와 엄마에 대해 수군거리며 놀아 주지 않던 아이들이 나를 대하는 태도를 바꾼 이유도 성적이었다. 어느 순간부터 누구도 나를 모른 척하거나 무시하지 않았다. 공부는 나를 지켜 주고, 인정받게 해 주는 강력한 도구였다.

 책상 앞에 앉았다. 텔레비전 근방 1제곱미터가 엄마의 세계라면, 독서실 칸막이 안 1제곱미터는 나의 세계다. 엄마에 대한 염려와 세상의 편견으로부터 벗어날 수 있는 유일한 공간이다. 나는 스스로 통제할 수 있는 이곳에서 깊은 평안을 느낀다. 윤아와 상우는 독서실에서 평안을 느끼는 나를 변태라 놀리지만 어쩔 수 없다. 중간고사가 끝났다고 공부가 끝난 게 아니다. 다음 달에는 모의고사가 있고, 그다음 달엔 기말고사가 있다. 공부엔 끝이 없다. 공부는 매일 해야 한다. 진짜 공부는 시험이 끝난 날 비로소 시작된다. 그래야 1점대 초반의 내신 등급을 유지할 수 있다. 모의고사를 대비해 공부 계획을 세우고, 새로 산 국어 문제집을 펼쳤다. 한적한 독서실에서 시험 압박 없이 여유롭게 공부하는 기분이 꽤 좋았다.

 평소와 같은 시간에 짐을 챙겨 나왔다. 중간고사 기간 동안 잠을 줄인 탓에 피곤이 몰려왔다.

 "시험 끝난 날인데 기특하네. 조심히 들어가라."

출입구에서 실장님이 인사를 했다.
"네, 안녕히 계세요."
"참, 희진아."
막 나오려는데 실장님이 다시 불러 걸음을 멈췄다.
"오늘 은성고 1학년 한 명이 새로 등록하고 갔다."
"그래요?"
독서실에 우리 학교 학생은 많지 않았다. 3학년과 2학년을 합쳐 예닐곱 정도, 1학년은 우리 셋이 다였다. 넉넉히 잡아도 열 명이 넘지 않았다. 알파독서실은 우리 집에서 학교와 반대 방향으로 도보 15분 거리에 있었다. 우리 집에서 가기는 괜찮지만, 학교에서는 제법 멀었다. 오래된 아파트 상가 안에 있어 눈에 잘 띄지 않을뿐더러, 시설이나 시스템도 옛날 방식이어서 학생들한테 인기가 없었다. 반 친구들은 대부분 학교와 가까운 프랜차이즈 스터디 카페에 다녔다. 나는 익숙한 곳을 좋아하는 성격이라 중학생 때부터 다니던 곳에서 옮기지 않았고, 윤아와 상우는 순전히 나를 따라 다녔다.
"8반이라던가. 새로 전학 왔대. 내가 네 얘기 해 놨어."
실장님이 새 회원에 대한 정보를 알려 주었다. 개인 정보를 동의 없이 남에게 막 전하면 안 되는데, 실장님은 나이가 많아서인지 그쪽 방면으로는 인식이 부족했다. 새로 등록하는 애들한테 '은성고 1학년 전교 1등이 우리 독서실 다닌다'라며 내 얘기도 자주 흘리는 모양이었다. 윤아는 그런 얘기를 들을 때마다 실장님을 찾아가 항의하지만, 나는 그냥 넘어간다. 독서실 회원이 눈에 띄게 줄고 있기 때문이다. 내 성적이 알파독서실의 매출에 도움이 된다면 기꺼이 이용해도 좋다는 생각이었다.

다만 실장님 얘기를 들으며 그 아이는 왜 지금 전학을 왔을까 의아했다. 중간고사가 끝나기는 했지만, 성적 처리가 마무리되지 않은 때였다. 학기 중에 전학을 오면 등급은 어떻게 계산하는지, 재학생과 전학생 중 누구에게 불리한지, 이런 의문이 생겼다. 전학 온 이유도 궁금했다. 고등학교에서는 단순히 이사 때문에 전학하는 일은 흔하지 않기 때문이다. 부모님 직장 때문에 외국에 있다가 들어오거나, 특목고가 안 맞아 일반고로 전학 오는 경우가 드물게 있었고, 그게 아니라면 학교 폭력으로 강제 전학하는 경우가 대부분이었다. 그래서 전학생이 오면 으레 거리를 두며 탐색하는 분위기였다.

"소미? 소희? 아무튼 그 비슷한 이름이야. 나중에 만나면 인사해라. 같은 학교 친구끼리 친하게 지내면 좋잖아."

"네. 그럴게요. 안녕히 계세요."

실장님에게 인사하고 바로 나왔다. 길게 얘기할 기운이 없었다. 시험 끝난 날 독서실행은 무리였나. 모든 에너지가 빠져나간 듯했다. 집에 가면 그대로 쓰러져 잠들 것 같았다.

4

"괘…… 차…… 아…… 괜찮아?"

멀리서부터 작은 소리가 모스 부호처럼 끊겨서 들리다가, 어느새 하나로 연결된 문장이 되어 귀에 들어왔다. 잘 떠지지 않는 눈꺼풀을 힘껏 들어 올렸다. 엄마가 옆에 앉아 물수건으로 내 얼굴을 닦고 있었다.

"정신이 드니? 물 좀 마셔."

몸을 일으켜 엄마가 주는 물을 마셨다.

"내가 뭘 본 거야?"

내 물음에 엄마는 가만히 있었다. 그나마 다행이었다. 뭘 봤다는 거야, 꿈꿨니, 이런 식으로 어물쩍 넘어가려 했다면 가만있지 않으려 했다. 침묵은 적어도 어떤 일이 일어났음을 인정한다는 뜻이었다.

나는 일단 텔레비전 앞으로 갔다. 텔레비전을 확인해야 했다. 하지만 손으로 구석구석 만져 봐도 화면에 특이한 점은 없었다. 누군가 안에서 튀어나온 흔적은 보이지 않았다. 옆면도 살폈다. 두께가 1센티미터 정도였다. 엄마가 홈쇼핑 VIP 고객 사은 행사에서 행운권 1등에 당첨되어 받은, 미래전자 최신형 모델이라 본체 두께가 유독 얇았다. 할아버지 집에는 화면 뒤에 커다란 통 같은 것이 달린 브라운관 텔레비전이 있다. 지금은 켜지지 않지만, 디자인이 예뻐 인테리어 소품으로 쓰고 있다. 그 텔레비전이라면 몰라도 우리 집 텔레비전은 어린아이 하나 숨을 공간이 없다. 상식으로 이해할 수 없는 일이 일어난 것이다. 과학 법칙을 벗어난 초현실적인 일이었다. 마술이거나 마법, 아무튼 신비로운 영역의 일이었다. 정말 그런 것이 존재한다면 말이다.

엄마가 낯설어 보였다. 엄마는 어떤 인간일까. 아니, 인간이긴 한 걸까. 엄마가 남다르긴 했다. 주위에 엄마 같은 엄마는 없었다. 한때 우리 엄마가 빛을 받으면 몸이 타 버리는 뱀파이어나 외부에 모습을 드러내면 안 되는 스파이인가 생각한 적이 있다. 갑자기 어릴 적 상상이 맞을 수도 있다는 생각이 들었다. 엄마는 게으르고 사회성 없는 인간이 아니라, 애초부터 차원이 다른 존재인지도 모르겠다. 아니면 텔레비전을 오래 보다가 그 안으로 들어가는 비법을 깨닫기라도 한 건가.

"어떻게 텔레비전에서 나올 수 있어?"

"잠깐만. 엄마한테 시간을 줘."

엄마가 눈을 감고 소파 깊숙이 기대어 앉았다.

문득 오래전 겪은 비슷한 상황이 떠올랐다. 그때도 해가 뜨지 않은 어두운 새벽이었고, 자다가 깨서 거실로 나왔다. 엄마는 텔레비전 앞에 있었다. 어릴 때부터 잠드는 데 시간이 오래 걸렸고, 기껏 잠들어도 악몽에 시달릴 때가 많았다. 주로 엄마가 떠나거나 얼굴 없는 누군가가 불쑥 나타나는 꿈이었고, 꿈을 꾼 날엔 어김없이 오줌을 쌌다. 젖은 이불을 보며 한숨을 쉬는 엄마를 볼 때마다 미안했지만, 수면 장애와 야뇨증은 쉽게 낫지 않았다.

"왜 일어났어?"

엄마 목소리에는 짜증이 담겨 있었다.

"목말라서."

"그러다 또 오줌 싼다."

나는 물을 마시는 대신 엄마 옆에 가서 앉았다. 그리고 대뜸 물었다. 갑자기 왜 그랬는지 모르겠다.

"엄마, 왜 나는 아빠가 없어?"

당황한 엄마는 나를 빤히 보다가 지금처럼 잠깐만 시간을 달라고 했고 한참 만에 다시 입을 열었다.

"너는 원래 아빠가 없어."

엄마의 대답은 실망스러웠다. 실망보다는 절망에 가까웠다. 정자와 난자가 만나 수정체가 되고, 수정체가 자라 태아가 된다는 걸 이미 알고 있었다. 자웅 동체도 아니면서 엄마는 어떻게 아빠 없이 나를 낳았다고 하는 걸까. 앞으로 비슷한 질문은 꺼내지도 말라는 협박처럼 들렸다. 엄마의 작전은 성공했다. 그 이후 나는 아빠라는 단어를 입에 올리지 않았다.

"희진아, 엄마는……."

어색한 대치 상황이 이어지다 엄마가 결심한 듯 말했다.

'원래 텔레비전에서 나오는 사람이야.'

하나 마나 한, 협박에 가까운 대답을 들을까 두려웠다. 그러면 나는 또 엄마가 누군지, 뭐 하는 사람인지도 묻지 못한 채 답답하게 살아가야 할 터였다.

"회사원이야!"

"풉."

의외의 대답에 긴장이 확 풀리면서 헛웃음이 터졌다. 무당, 마법사, 외계인이라는 말보다 생경했다. 전혀 현실감이 없었다. 세상에서 엄마와 가장 어울리지 않는 단어를 꼽으라면 바로 회사원이었다.

"거짓말!"

내 말에 엄마가 벌떡 일어나 방으로 들어갔다. 그리고는 작은 종이 하나를 들고나와 식탁에 내려놓았다. 오른쪽 위편에 '미래전자'라는 글자와 함께 빨간색 로고가 인쇄되어 있었다.

신사업 모니터링팀 사원 제갈미영

명함이었다. 한가운데 직함과 이름이 선명하게 박혀 있었다. 제갈미영. 너무 오랜만이라 처음에는 엄마 이름이라고 퍼뜩 떠올리지 못했다.

"내 명함이야. 미래전자에 취직했어."

"엄마가 취직을 해? 그냥 솔직히 말해 줘. 웬만해선 놀라지 않고 그대로 받아들일 거야. 나 이제 어린애 아니야."

"그 어느 때보다 솔직해. 엄마는 미래전자 신사업 모니터링팀 사원이야."

그냥 회사원이라 해도 의심스러운 판에, 우리나라에서 손꼽히는 IT 기업 미래전자의 사원이라니 도저히 믿어지지 않았다.

"미래전자라면, 저 텔레비전 만든 회사 맞아?"

벽에 걸린 텔레비전을 가리켰다.

"응."

"엄마가 정말 거기에 취직했다고?"

"그래. 정규직이야. 계약직 아니고."

"사기 아니야?"

미래전자가 자선 단체도 아니고, 많은 인재를 두고 엄마를 고용할 리 없다.

"나도 처음엔 그런 줄 알았어. 그런데 사기 아니야. 미래전자 사내 사이트에 들어가서 사원 검색하면 엄마 나와. 볼래?"

엄마는 노트북을 가지고 와서 미래전자 사내 사이트에 접속했다. 능숙하게 사번과 비밀번호를 입력해서 로그인을 하고, 사원 검색 탭에서 자신의 사진과 이름, 직책이 적힌 페이지를 보여 주었다. 정말로 엄마 얼굴이 거기 있었다. 엄마는 미래전자 정규직에 채용된 게 맞았다. 그런데 미래전자는 고등학교를 중퇴하고, 기술이나 자격증도 없고, 나이도 어리지 않은 데다 경력도 없는 엄마를 왜 직원으로 뽑았을까? 아무리 생각해도 이유를 찾기 힘들었다.

"난 그냥 평소처럼 텔레비전만 봤을 뿐이야."

그날도 엄마는 컴컴한 거실에서 텔레비전을 보고 있었다고 했다. 드라마였는지 스포츠 채널이었는지 생각이 나지 않지만 화면 아래로 구인 광고가 지나간 건 분명히 기억하고 있었다.

지금 텔레비전 앞에 있는 당신이 필요합니다!

세상에 참 희한한 회사가 있네, 저런 쓸데없는 광고를 내다니. 엄마는 처음에 무시했다. 그런데 며칠 후 같은 광고를 또 만났다. '별다른 사회생활 없이 텔레비전을 즐겨 보는 사람을 환영합니다'라는 문구였다. 자신을 찾고 있다는 생각이 들었다. '학벌, 경력, 나이 무관'이라는 말은 확신을 주었다. 엄마는 며칠간 고민한 끝에 전화를 했고, 방문 면접이라는 특별한 입사 시험을 쳤다. 그리고 일주일 만에 신사업 모니터링팀에 최적화된 인재라는 평가를 받으며 미래전자 정규직으로 당당히 입사했다. 정확히 일 년 전이었다. 엄마가 홈쇼핑 VIP 사은 행사에서 1등에 당첨되어 미래전자 최신형 텔레비전을 받았다고 한 시점이었다.

5

"지금부터 내가 하는 말은 특급 비밀이야."

우리 둘밖에 없는 거실에서 엄마는 굳이 목소리를 줄였다.

"윤아와 상우, 할아버지한테도 말하면 안 돼. 알려지면 엄마는 그날로 해고야. 엄청난 위약금도 물어야 해. 비밀 유지 계약서라고 들어 봤어? 그걸 썼거든."

그러겠다고 했다. 해고, 위약금, 비밀 유지 계약서 따위의 용어에서 압박감이 느껴졌다. 그간 우리의 대화에서 한 번도 나온 적 없는 단어들이었다.

"저게 뭐라고 생각해?"

엄마가 텔레비전을 가리켰다.

"텔레비전."

"물론 그렇지. 그런데 텔레비전 기능만 있는 건 아니야. 저건 멀티버스 터미널이야. 다중우주로 갈 수 있는 단말기라고."

"멀티버스 터미널?"

멀티버스라면 들은 적이 있다. 윤아가 지난 겨울 방학에 멀티버스를 모티프로 한 영화를 보고 나서 한동안 관련 유튜브 동영상을 달고 살았다. 상우도 다중우주 소재의 소설을 읽은 적이 있다며 윤아와 멀티버스의 존재 가능성과 여러 모습에 대해 진지하게 이야기를 나누었다. 우주가 여러 가지 조건에 의해 시간과 공간의 갈래로 나뉘어, 여러 개의 우주로 무한히 존재한다는 멀티버스 이론은 어디까지나 가설이었다. 솔직히 나는 그런 우주에 관심이 없었다. 다중우주의 존재를 믿느냐고 누가 물어도 대답하지 않았다. 다른 우주의 존재 여부는 믿음과 상관없기 때문이다. 어떤 우주가 존재한다면 믿는 사람이 없어도 그저 존재할 것이고, 존재하지 않는다면 대부분이 믿어도 존재하지 않을 것이다. 다중우주의 존재는 믿음을 벗어난 영역이며, 발견하고 경험한 사람만 알 수 있다. 그런데 우리 집 텔레비전이 다중우주와 연결된 터미널이라니. 멀티버스가 실재하고, 심지어 우리 거실과 연결되어 있다는 뜻이었다.

"설마, 저걸 통해 다른 세계에 가 봤어?"

"당연하지."

너무 놀라 입이 다물어지지 않았다. 엄마는 무당, 마법사, 외계인 따위가 아니었다. 다른 세계를 경험한 사람이었다. 엄마는 허

튼소리를 하지 않았다. 언제나 너무 솔직해서 문제였다. 멀티버스가 존재하는 것도, 텔레비전이 다중우주와 연결된 것도, 엄마가 직접 다른 세계에 가 본 것도 사실일 가능성이 높았다.

미래전자는 오랜 연구 끝에 멀티버스 터미널 기능을 지닌 텔레비전을 개발했고, 신제품 출시 전 베타 버전을 비밀리에 테스트하기 위해 모니터링팀 사원을 모집했다. 초특급 비밀 프로젝트의 완성을 위해서는 집에 틀어박혀서 텔레비전만 보는, 다른 사람들과 교류가 거의 없는 은둔형 외톨이가 제격이었고, 엄마는 거기에 딱 맞는 사람이었다. 사원으로 취직한 엄마는 매일 텔레비전을 보며 멀티버스로 가는 채널을 찾았고, 직접 오가며 기계와 운영 프로그램의 안정성을 점검했다. 또한 여러 세계를 다니며 주요 특징을 조사했다.

"아직은 새로운 세계의 열림을 정확히 예측할 수 없어. 각 세계가 보내는 미세한 신호를 감지하고 패턴을 읽을 줄 알아야 해. 텔레비전 앞에서 오래 머물며 기다려야 하는 이유야."

텔레비전 앞에서 오래 있는 건 엄마가 제일 잘하는 일이었다. 미래전자에서 엄마를 극진히 모셔 갈 만했다. 엄마는 회사에서 인정받고 있는 모양이었다. 최우수 사원으로 뽑히고, 일 잘하는 사람한테 주는 추가 수당도 여러 번 받았다고 했다.

"연봉도 높고, 성과도 좋은 편이야. 새로운 채널을 찾는 데 소질이 있대."

자랑하는 엄마가 약간 들떠 보였다.

"베타 버전이면 완제품이 아니잖아. 출시 전에 성능을 시험하는 거라면 위험하지 않아? 원래 신약 임상 실험도 부작용이 있는 것처럼."

"당연히 약간의 위험 요소는 있지. 세계를 넘어갈 때 어지럼증과 두통이 있고, 고소 공포증이나 폐소 공포증이 생길 수도 있어. 가끔 우주와 우주 사이를 통과할 때 길을 잃는 사고가 일어나기도 한대. 위험 요소에 대해 자세히 들은 후 동의서 쓰고 결정했어. 위험하니까 엄마에게까지 기회가 온 거야. 누구나 하고 싶은 일이라면 나한테까지 왔겠어? 위험한 만큼 안정된 자리와 높은 위험 수당을 주는 거고."

엄마는 생각보다 현실적이었고, 위험을 감수하면서라도 일을 계속하고 싶어 했다. 터널을 통과할 때 생기는 통증은 금방 사라지고, 우주와 우주 사이에서 일어난다는 사고는 교통사고보다 확률이 낮아서 말로만 들었지, 한 번도 본 적이 없다고 했다.

"걱정하지 않아도 돼. 정말 위험한 건 신제품이 출시되기 전에 비밀이 새어 나가는 거야. 미래전자는 멀티버스 터미널에 회사의 미래를 걸고 있거든. 너 비밀 꼭 지켜야 해."

여러 번 고개를 끄덕이며 엄마를 안심시켰다. 비밀을 발설할 이유가 없었다. 엄마와 텔레비전에 대해 들은 사실에 약간 설레었고, 난생처음 엄마가 대단해 보이기까지 했다.

"텔레비전 안으로 들어가겠다."

할아버지가 엄마에게 자주 하던 말이다. 엄마는 텔레비전을 볼 때 소파에 앉아서 보다가 재미있어지면 내려와서 보고, 그러다 점점 앞으로 다가갔다.

"그렇게 가까이 가다가 텔레비전 안에 들어가겠다고."

"사람이 어떻게 텔레비전 안에 들어가?"

엄마는 말도 안 된다며 한 발짝도 물러서지 않았다. 정말 징그럽게 할아버지 말을 안 들었다. 할아버지가 아무리 좋게 말해도 또박또박 대들기만 하고 전혀 고칠 생각이 없었다. 그 후로도 걸핏하면 텔레비전 앞으로 다가갔다. 할아버지가 선견지명이 있었다. 정말 엄마는 텔레비전 안으로 들어가는 사람이 되었다.

줄기차게 한길을 가다 보면 새로운 기회를 얻기도 하나 보다. 매일 텔레비전을 보던 엄마는 결국 그로 인해 번듯한 기업의 회사원이자 멀티버스 터미널 모니터 요원이 되었다. 신기술 제품을 먼저 경험하고 다중세계를 탐색하는 얼리 어답터이자 탐험가. 내가 알게 된 엄마의 놀라운 정체였다.

6

독서실에 새로 온 아이의 이름은 소미였다. 어릴 적 우리 동네에 산 적이 있다고 했다. 심지어 윤아와 초등학교 동창이었다.

"중학교 가면서 이사 갔어. 과학고 다닌다고 들었는데, 왜 우리 학교로 전학 왔지?"

윤아는 초등학생 때 소미를 똑똑하고 욕심 많은 아이로 기억했다. 엄마와 함께 다녀 친구들과 잘 어울리지는 않았다고 했다. 전학생에 대해 알고 나니 신경이 쓰였다. 내 등급에 영향을 줄 수 있는 경쟁자로 느껴졌기 때문이다. 과학고에 다녔다면 타고난 지능이 뛰어날 가능성이 높다. 그보다 나를 더 주눅 들게 한 건 그림자같이 따라다니며 지원하는 엄마의 존재였다. 나에게 없는 것, 내가 부러워하는 것을 다 가진 아이였다.

소미가 윤아와 함께 휴게실 문을 열고 들어온 순간부터 나는 그 아이가 마음에 들지 않았다. 차라리 새침하거나 표독했으면 좋았을 텐데, 그 아이는 악의나 욕심이 전혀 보이지 않는 말간 얼굴을 하고 있었다. 어디에도 그늘이나 원망이 없었다. 뛰어난 두뇌와 부모의 든든한 지원으로 순탄하게 상위권 성적을 유지하는, 마음고생이라고는 해 본 적 없는 얼굴이었다. 평범한 머리로 세상의 편견, 엄마의 방해와 싸워 가며 아등바등 버티는 나와는 달리 여유가 있어 보였다.

"안녕, 네가 제갈희진이구나. 반가워. 은성고 1학년 절대 1등이라고, 독서실 실장님이 자부심이 대단하시던데. 윤아도 네 자랑을 많이 했어."

소미는 내 기분을 전혀 알아채지 못한 채 밝게 인사했다. 머리는 좋아도 눈치는 없는 애였다. 괜한 자격지심인지 소미의 인사가 칭찬이 아닌 비아냥으로 들렸다. 내가 곧 너의 자리를 뺏을 거라는 선포 같았다. 그 아이의 묘한 눈빛은 더 싫었다. 눈동자 색깔부터 특이했고, 나 같은 애는 생전 처음 본다는 듯 힐끔거릴 땐 기분이 상했다. 8반에서 나에 대한 뒷이야기라도 들은 게 분명했다.

"반가워. 잘 지내자. 나는 오상우야."

겨우 눈인사만 한 나와 달리 상우는 소미에게 먼저 손을 내밀었다. 원래 낯을 많이 가리는 아이였는데, 나날이 사교적으로 변하고 있었다.

우리 넷은 휴게실 탁자를 차지하고 앉아 여러 이야기를 나누었다. 특히 소미가 질문을 많이 했다. 오랜만에 이사 와서 모든 것이 낯선 탓이라고 했지만 너무 기본적인 것을 물을 때는 당황스러웠다. 다른 동네나 학교가 아니라 외국이나 외계에서 살다 왔나 의심스러울 정도였다. 이를테면 음료수나 과자 이름, 최신 걸 그룹과 영화 제목도 다르게 알고 있었다. 교과목과 수능 제도를 잘 모르는 건 심하다 싶었다. 공부만 하고 다른 건 엄마가 일일이 챙겨 주어서 세상 물정을 모르는 모양이었다. 과학고는 일반고와 과목이 다르고 정시가 아니라 수시를 목표로 해서 그런 거라며 윤아가 소미를 감쌌지만 나는 어쩐지 소미의 태도가 자연스럽지 않다고 느꼈다. 상우는 윤아만큼이나 아무 저항 없이 소미를 받아들였다. 심지어 꽤 마음에 들어 하는 눈치였다. 그러니까 나 빼고 셋은 죽이 잘 맞았다. 주말마다 점심을 같이 먹고 기말고사 마치면 함께 영화도 보자는, 말도 안 되는 계획까지 세우며 즐거워했다.

"윤아야, 너 피부가 왜 그래?"

이야기를 나누던 소미가 갑자기 인상을 쓰며 윤아의 손목을 잡았다. 윤아는 피부가 건조하고 예민해 몸 여러 곳에 긁은 흔적이 많았다. 가끔 피딱지가 붙어 있기도 했다.

"아토피 피부염이 심해서."

윤아가 창피한 듯 소매를 내렸다. 소미는 소매를 다시 올려 확인하려고 했지만 윤아가 보여 주기 싫다며 거부했다. 나는 윤아의 손목 흉터를 여러 번 봤다. 그때마다 병원에 가 보라고 권했지만, 윤아는 약을 먹어도 그때뿐이라며 대학 가서 입시 스트레스가 없어지면 저절로 낫지 않겠냐고 별일 아닌 듯 대꾸했다.

"그래도 꾸준히 약을 써야지. 한번 생긴 흉터는 잘 없어지지 않아. 내가 쓰는 피부약이 있는데, 다음에 갖다줄게. 너한테 잘 맞을지도 모르니까."

소미는 윤아를 걱정하며 눈물까지 글썽였다. 피부염에 대한 반응치고는 좀 과한 느낌이었다.

"고맙긴 한데, 그렇다고 우는 건 오버 아니야? 좀 부담스러운데."

윤아 역시 소미의 친절에 고마워하면서도 약간 놀랐다.

"미안. 내가 주책스럽게 눈물이 많아."

소미가 부끄러운 듯 눈물을 닦았다.

"그런데, 왜 전학 왔는지 물어봐도 되나?"

상우가 분위기를 바꾸려는 듯 다른 질문을 꺼냈다. 나도 궁금하긴 했다. 변두리 일반고로 전학 온 데에는 이유가 있을 것 같았다. 하지만 민감한 질문일까 봐 조심스러웠다.

"학교에 적응을 못 하거나, 사고를 일으켜서 온 건 아니야. 강제 전학 아니니까 너무 경계하지 말아 줘."

다행히 소미는 기분 나빠 하지 않았고, 유쾌하게 대답했다. 자기 반에서도 같은 질문을 여러 번 받은 모양이었다.

"그럼 왜 왔어?"

윤아가 다시 물었다.

"꼭 만나고 싶은 사람이 있어서."

소미의 대답이 너무 의외여서 당황했다. 윤아와 상우도 믿을 수 없다는 표정이었다.

"그래서 만났어?"

상우가 용감하게 나섰다. 다음 대답이 궁금했다. 소미는 우리의 관심을 즐기는 듯 묘한 웃음을 지었다. 그리고 우리 셋을 차례대로 한 명씩 빤히 쳐다봤다. 윤아를 보다가 상우로 넘어가고, 맨 마지막에 나를 오랫동안 봤다. 눈빛이 얼마나 강렬한지 온몸이 떨릴 지경이었다. 나를 보기 위해 왔다고 말하는 듯했다. 그럴 이유가 전혀 없는데도 말이다.

"우리 이제 공부하러 가자. 너무 오래 놀았다."

소미가 먼저 자리에서 일어났다. 밀당의 귀재였다. 사람을 제대로 낚을 줄 아는 아이였다. 만나고 싶은 아이가 우리 셋 중에 있는지, 정확히 누구이며 만나고 싶은 이유가 뭔지 알고 싶었다. 소미라는 아이 자체에 대해서도 흥미가 생겼다. 그동안 만난 적 없는 독특한 유형의 아이가 분명했다.

독서실 문 닫는 시간에 윤아, 상우와 출입구에서 만났다. 소미는 우리보다 한 시간 일찍 퇴실했다고 실장님이 알려 주었다. 귀가 시간이 정해져 있어 꼭 지켜야 한다며 서둘러 나갔다고 했다.

"소미 말이야, 초등학교 때랑 분위기가 많이 바뀌었어. 차가워서 깍쟁이 같았거든. 그런데 오늘 보니까 다정해. 아까 눈물 글썽일 때는 나까지 울컥했다니까.”

윤아가 손목을 만지작거리며 말했다.

"달라졌겠지. 사람은 변하잖아.”

상우가 당연하다는 듯 말했다.

"정말 만나고 싶은 사람이 있어서 전학을 온 걸까? 그럴 수 있다고 생각해?”

내가 아이들을 보며 물었다.

"말이 안 되는데 진짜 같아. 이상하게 믿어져.”

윤아가 대답했다. 상우도 그렇다고 했다. 심지어 하나같이 자기를 보러 왔다고 우겼다. 우리는 집으로 가는 내내 소미 얘기만 했다. 단 한 번 만났는데도 존재감이 강렬한 아이였다.

7

 친구들과 헤어져 집 앞에 도착했다. 반가운 사람이 나를 향해 손을 흔들었다. 한때는 지독히 미워했으나, 지금은 누구보다 의지하는 사람이다. 무섭고 강압적인 면이 있지만 그가 없는 세상은 상상하고 싶지 않다. 달려가 그의 품에 안겼다. 자식과 손주를 책임지느라 편히 쉬지 못하고 언제나 내 주변을 맴도는 할아버지. 할아버지는 나를 볼 때마다 짠하다 하지만, 나는 언제나 할아버지가 가엾다. 할아버지는 시험이 끝나기만을 기다렸다가 나를 보러 온 것이다. 매달 엄마에게 생활비를 주면서도, 특별한 날마다 내 용돈을 따로 챙긴다. 고마우면서도 부담스럽다. 엄마는 그렇게 생각하지 말라지만, 나는 엄마만큼 뻔뻔하지 않다. 빨리 돈을 벌어 할아버지의 부담을 덜어 드리고 싶다.
 "얼굴이 핼쑥하네. 시험 기간에 제대로 못 자서 그렇지. 며칠은

푹 자면서 든든히 먹어라. 고등학교 공부는 체력 싸움이라더라."

윤아는 고등학교 공부가 마라톤이라 했는데, 할아버지는 체력 싸움이라고 했다.

"네, 그럴게요. 할아버지."

"맛있는 거 사 먹어라. 용돈 떨어지면 전화하고. 알았지?"

할아버지가 봉투를 내밀며 말했다.

"지난번에 주신 것도 있는데."

"그게 얼마나 된다고 아직 남았어. 아끼지 말고 써."

"고맙습니다."

"집에는 별일 없지?"

할아버지는 요즘 집 앞까지만 오고 안으로 들어가지 않는다. 그저 나를 통해 엄마의 안부만 전해 들을 뿐이다. 몇 달 전 있었던 사건 때문이다.

할아버지가 저녁 시간에 맞춰 과일을 사 들고 왔다. 엄마는 할아버지가 왔는데도 꼼짝하지 않고 텔레비전만 보고 있었다. 마침 엄마가 애청하는 예능 프로그램이 나오기도 했지만, 엄마는 할아버지와 대화하는 걸 좋아하지 않았다. 내가 봐도 둘은 정말 안 맞았다. 웃으며 시작해도 말다툼으로 끝났다. 엄마는 할아버지의 기준이 너무 높아 버거웠다는 말을 자주 했고, 할아버지는 엄마가 엇나가기만 하는 걸 이해할 수 없다고 했다.

다툼이 일어날까 봐 내가 엄마 대신 할아버지 앞에 앉아 이런

저런 말을 걸었다. 그런데 할아버지가 엄마를 한참 지켜보다가 별안간 식탁에 놓여 있던 컵을 들어 텔레비전 쪽으로 던진 것이다. 엄마는 깜짝 놀라며 날아오는 컵을 몸으로 막았고, 컵은 텔레비전이 아니라 엄마의 이마를 정통으로 때렸다.

"아빠, 왜 그래? 텔레비전에 맞았으면 어쩔 뻔했어!"

엄마는 할아버지를 향해 소리를 질렀다. 다행히 엄마의 상처는 크지 않았다. 사은품으로 받은 얇은 플라스틱 컵이었고, 날아가면서 속도가 떨어졌기 때문에 큰 충격은 없었다. 엄마가 신속히 막은 까닭에 텔레비전에도 실금 하나 가지 않았다. 정작 상처 입은 쪽은 할아버지였다. 물건을 던진 자신의 행동에 스스로 놀란 데다 그 상황에서 텔레비전부터 생각하는 엄마에게 완전히 정이 떨어진 모양이었다. 그때는 몰랐지만 지금 생각하면 엄마도 그 나름의 이유가 있었다. 멀티버스 터미널이 상하거나 깨졌으면 엄청난 보상금을 물어내야 할 판이었다.

"내가 늙어 자제력이 없나 보다. 당분간 너랑 나는 보지 말자. 그편이 낫겠어."

할아버지는 그렇게 발길을 끊었다. 나도 할아버지처럼 텔레비전에 분풀이하고 싶을 때가 많았다. 마음속으로 망할 놈의 텔레비전을 백 번도 더 부쉈다. 나는 할아버지를 이해한다. 평생에 딱 한 번 플라스틱 컵 하나 던진 할아버지는 자제력이 없는 사람이 아니다. 내가 할아버지라면 멋대로 집을 나가 아이까지 낳아 온 딸을 쉽게 받아 주지도, 평생 일 안 하고 집구석에 처박혀 텔레비전만 보는 딸의 생활비를 대느라 쉬지 않고 일을 나가지도 않을 것이다.

"별일 없어요."

엄청난 일이 있었지만 말할 수 없었다. 사소한 비밀도 아니고 특급 비밀이었다. 그래도 할아버지를 안심시키고 싶었다. 엄마가 미래전자에 취직한 걸 알면 할아버지가 얼마나 좋아할까 싶었다.

"너무 걱정하지 마세요. 엄마는 보기보다 잘 살고 있어요."

"그러면 다행이고."

할아버지는 믿지 않는 눈치였다.

"저 중간고사 결과 나왔는데, 1등이래요."

아직 최종 결과가 나온 건 아니지만 담임 선생님이 점심시간에 불러서 말해 주었다. 3반과 7반에 전교권 순위를 다투는 애들이 있는데, 점수를 비교해 보니 내 점수가 제일 높다는 것이었다. 수행 평가를 무난하게 마무리하면 이번에도 1등에게 주는 최우수 학력상을 받을 거라고 했다. 그제야 할아버지 얼굴에 미소가 번졌다. 내가 공부라도 잘해서 얼마나 다행인지. 할아버지가 힘들게 번 돈을 받을 때마다 그런 생각이 들었다.

8

"비밀이 새어 나갈까 봐 수면제까지 준 거네."

나는 발끈했다. 엄마는 내 수면의 질을 위해서가 아니라 자신의 비밀 임무 수행을 위해서 수면 영양 패치를 줬다.

"수면제는 아니야. 깊은 수면에 도움을 주는 영양제라니까. 안전성과 유효성이 인정되어 처방전 없이 구매할 수 있는 제품이라고. 사람마다 효과가 다른데, 유독 네게 효과가 좋았어. 처음 패치를 보여 준 날, 성분 일일이 알려 줬잖아. 괜찮다 싶으면 써 보라고. 넌 흔쾌히 동의했고, 한번 써 보더니 효과 있다며 스스로 열심히 붙였어. 다시 말하지만 난 강요한 적 없다. 그런다고 네가 들을 애도 아니고."

수면 장애가 점점 심해졌다. 공부량은 많아지는데 수면 부족으로 집중력이 떨어져 고민이 많았다. 믿을 만한 제약 회사에서 수

험생과 불면증 환자를 위해 개발한 패치라는 말에 솔깃해서 써 보았는데, 효과가 좋았다.

"그래도 솔직히 말했어야지."

"엄마 일이 비밀이니까 어쩔 수 없었어. 네가 워낙에 자다가 잘 깨니까 혹시나 하고 권한 거야. 약이 잘 들었어. 그럼에도 결국 들킨 걸 보면 비밀은 없나 봐. 미안해. 앞으로는 솔직히 말할게."

엄마의 진심 어린 사과에 화난 마음이 누그러졌다. 생각해 보면 패치 덕분에 깊이 잘 수 있었고 맑은 정신으로 공부할 수 있었다. 또 일 년 동안 키도 부쩍 자랐다.

"자, 그 얘긴 그만하고, 밥 먹자. 오늘 메뉴는 좀 특별한 거야."

엄마가 전기 프라이팬을 가져와 식탁에 올렸다. 그리고 냉장고에서 커다란 상자 하나를 꺼냈다.

"뭐야?"

"호주산 양념 갈비. 요즘 홈쇼핑 최고 인기 상품이야. 중요한 건 할아버지 돈으로 산 게 아니라는 점이지. 엄마 월급으로 샀어. 취업 커밍아웃 기념으로!"

엄마 돈으로 산 호주산 갈비는 진짜 맛있었다. 입에 넣자마자 눈처럼 녹아 사라졌다. 홈쇼핑 최고 인기 상품이 될 만했다. 중학교 졸업식 즈음 친구들과 먹은 무제한 고기 뷔페의 갈비와는 차원이 달랐다. 할아버지가 사 준 1등급 투 플러스 한우보다 부드러웠다. 할아버지에게는 미안하지만 진짜 그랬다.

"일은 재밌어? 힘들지 않아?"

"힘들지만 보람 있어. 너도 공부할 때 항상 재밌진 않잖아."

"그렇지."

"채널을 찾는 건 새로운 세계를 발견하는 일이야. 콜럼버스가 신대륙을 발견한 것에 비견할 만하지."

"콜럼버스가 신대륙을 발견했다고 볼 수 없어. 유럽 입장에서는 새로운 대륙이지만, 거기엔 원주민이 이미 살고 있었잖아. 시각에 따라선 침략으로 볼 수도 있어. 유럽과 아메리카의 교류로 생각할 수도 있지. 한 사건에 대해서는 언제나 다양한 관점이 존재해."

"아이고, 누가 전교 1등 아니랄까 봐. 맞는 말이야. 내가 찾아가는 각각의 세계에도 거주민들이 사회를 이루어 살고 있어. 우린 그 세계를 침략하거나 빼앗으려는 게 아니야. 연결점을 찾아 교류하면서 서로의 세계를 확장하려는 거지. 그것이 바로 우리 회사가 멀티버스 터미널 텔레비전을 통해 이루고 싶은 가치야."

미래전자에서 정기적으로 받는다는 직원 교육의 효과인 것 같았다. 엄마는 회사와 제품에 대한 주인의식과 자부심이 대단했다. 그래서 저녁 먹을 때마다 자신이 하는 일과 텔레비전의 다양한 기능, 다중세계의 미래에 대해서 들려주기를 즐겼다. 이야기 끝에는 꼭 특급 비밀이라는 말을 붙였다. 다른 데 가서 얘기하면 안 된다고 누누이 강조했다.

"한 세계가 처음 열리는 때를 잡기 위해서 텔레비전 앞에서 꼼짝하지 않는 끈기가 중요해. 갑자기 느껴지는 미세한 진동을 알아차려야 하거든. 다른 생각에 빠져 있거나 오래 버티지 못해 진동을 놓치는 사람도 있는데, 나는 그런 적이 없어."

새 채널은 주로 저녁 8시에서 11시 사이에 열리고, 기존 채널 방문은 새벽 1시에서 5시 사이에 이루어진다고 했다. 그래서 엄마의 업무 시간은 저녁 8시부터 새벽 5시까지였다. 가끔 변동이 있기 때문에 늘 긴장하며 주의를 놓치지 않는 것이 필수였다. 텔레비전을 보다가 진동이 느껴지면 재빨리 새로 활성화되는 채널을 찾고, 입구가 닫히기 전에 들어가야 했다. 한번 개척한 세계에도 수시로 들어가 사회 전반의 특징과 변화를 업데이트해서 보고해야 했다.

나는 엄마가 자주 들려주는 이야기 덕분에 채널의 문이 언제쯤 열리고, 그 안으로 어떻게 들어가는지, 텔레비전을 통과할 때 느낌이 어떤지 자세히 알게 되었다. 어느 순간엔 거의 외울 정도가 되었고, 엄마 대신 들어갈 수도 있을 것 같았다.

"희진아, 넌 신중한 애라 그럴 리 없겠지만, 절대 텔레비전을 만져선 안 돼. 알았지? 잘못 건드리면 큰일 나."

"걱정하지 마. 근처에도 안 갈 테니까. 그런데 할아버지한테는 계속 비밀로 할 거야?"

"취직했다는 말은 곧 하려고. 집에서 텔레비전 기계나 방송을 모니터하는 일이라고 하면 될 것 같아."

엄마는 생활비 지원도 더 이상 받지 않을 거라고 했다.

"독립해야지. 언제까지 도움을 받으며 살 수는 없잖아. 용돈도 드릴 거야. 할아버지도 많이 늙으셨어."

엄마가 처음으로 어른으로 보였다. 친구들은 할아버지에게 용돈을 넉넉히 받는 나를 부러워하지만, 엄마가 독립하지 않은 상황에서 할아버지한테 받는 용돈은 불편하고 떳떳하지 않았다. 할아버지는 늘 아끼지 말고 편히 쓰라고, 필요하면 더 주겠다고 하지만 그 돈을 마음 편하게 쓴 적은 없다.

"할아버지 좋아하시겠다. 엄마 취직했다고 하면."

"믿지 않으실 것 같아. 너무 놀라서 기절하실까 걱정이야."

엄마 말에 동의한다. 할아버지가 어떤 표정을 지으며 무슨 말을 할까 상상이 되지 않는다. 어쩌면 울지도 모른다. 할아버지는 나날이 약해지고 있다. 예전의 할아버지가 아니다.

"학교에 특별한 일은 없고?"

엄마가 식탁을 정리하며 물었다.

"새로 전학 온 애가 있어. 우리 반은 아닌데, 독서실에 같이 다녀. 과학고에서 왔대. 공부를 꽤 잘할 것 같아."

"새로운 곳으로 옮기는 건 쉬운 일이 아니야. 잘 도와줘."

그러겠다는 대답 대신 알아서 하겠다고 얼버무렸다. 소미는 내 도움이 필요한 애가 아니었다. 여러모로 나보다 가진 게 많았다.

"윤아랑 상우는 잘 지내지?"

"응, 걔들한테 엄마 취직한 거 말해도 되나?

"그럼. 취직한 건 비밀 아니야. 명함도 있고 홈페이지에도 등록되어 있잖아. 하는 일과 텔레비전에 관한 것만 비밀로 하면 돼. 엄마가 용돈 줄 테니까 친구들이랑 맛있는 것 사 먹어. 그동안 윤아 엄마, 상우 엄마한테 받은 것도 많은데. 네 계좌로 용돈 보낼게."

"정말? 엄마가 용돈을 준다고?"

깜짝 놀라서 물었다.

"그래, 엄마가 힘들게 일해서 번 돈이다."

"멋진데!"

"확인해 봐. 돈 들어갔어?"

엄마에게 용돈 받는 날이 오다니. 앱 통장에 찍힌 이름과 숫자를 확인하고 또 확인했다. 엄마의 변화가 신기하고 감격스러웠다.

그런데 엄마의 모든 변화가 긍정적인 것은 아니었다. 마음에 걸리는 부분도 있었다. 어느 순간 엄마에게서 진한 화학 약품 냄새가 풍겼다. 그러다 말겠지 했는데 점점 심해졌다. 손가락과 손톱 사이에 군데군데 검은 얼룩도 생기기 시작했는데 무슨 일이냐고 물어도 엄마는 아무것도 아니라고만 했다. 외모도 눈에 띄게 변했다. 화장, 머리, 옷 스타일 등이 과감해졌다. 연한 색 컬러 렌즈를 끼는지 눈빛도 달라졌다. 엄마가 제발 꾸몄으면 할 때가 있었다. 부스스하거나 떡 진 머리, 꾀죄죄한 얼굴, 무릎 나온 낡은 트

레이닝복, 퀴퀴한 땀 냄새, 모든 것이 지긋지긋했다. 집에만 있더라도 제발 깨끗이 씻고, 적당히 꾸미라고 여러 번 부탁했다. 어떻게 보면 내 바람이 이루어진 것인데 변화의 정도가 너무 심했다. 아무리 봐도 회사원의 차림새는 아니었다.

"왜 그렇게 봐?"

엄마가 자신을 자세히 훑어보는 내게 물었다.

"많이 변한 것 같아서."

굳이 숨기지 않았다. 그렇게라도 걱정을 알리는 편이 나을 것 같았다.

"사람은 원래 변하는 거야."

엄마가 무심한 듯 대꾸했다. 소미를 보며 상우가 한 말이었다.

"일하면서 다른 사람을 만나기도 하나 봐. 그러니까 멋도 내는 거 아니야?"

덤덤하던 엄마가 처음으로 살짝 당황했다.

"기밀이라니까."

뭔가 불리할 땐 기밀이라는 말로 내 입을 막는 느낌이었지만 아무 말도 하지 않았다.

텔레비전에서는 낚시 방송이 한창이었다. 낚시 고수가 붕어를 잡기 위해 호수로 운전해 가는 중이었다. 최근에 배수가 된 호수로 가야 붕어를 많이 잡을 수 있다고 했다. 호수에 도착하면 수초가 있는 지점을 찾을 건데, 거기에 붕어가 숨어 있다는 것이었다.

엄마는 최근에 낚시 방송에 빠져 있었다. 무슨 이유로 낚시에 관심이 생겼는지 몰라도 언젠가부터 텔레비전에서 물고기와 강, 호수가 자주 나왔다.

"희진아, 괜히 엄마 일이나 텔레비전에 신경 쓰지 말고, 공부 열심히 해."

집을 나서는 나에게 엄마가 말했다.

"알았어. 걱정하지 마."

텔레비전이 아무리 멀티버스와 연결되어 있어도 나에겐 전혀 매력적이지 않았다. 여전히 지긋지긋한 기계에 불과했다. 엄마의 변화 역시 신경 쓰이긴 했지만 거기까지였다. 공부만 하기에도 시간이 부족했다. 내 관심은 텔레비전 밖에 있었다. 적어도 그때는 그렇게 믿었다.

9

"김윤아 또 안 왔어요!"

교실 뒤편에서 누군가 소리쳤다. 아침에 배가 아파서 학교 가기 싫은 마음이 간절했지만 참았다. 그러나 윤아는 나와 달라서 그런 마음이 들면 바로 실행에 옮기는 아이였다. 세상 참 편하게 산다, 대학생인 줄, 인생은 윤아처럼. 웅성거리는 소리가 여기저기서 들렸다. 윤아의 결석은 유머거리로 소비될 만큼 흔한 일이었다. 아무도 윤아를 걱정하지 않았다. 솔직히 나도 그랬다.

"윤아는 병결이다. 그래도 병결 문자를 제시간에 꼬박꼬박 보내는 건 칭찬한다."

선생님 역시 윤아의 결석을 개의치 않았다. 무단결석을 하지 않는 것만도 다행이라 생각하는 듯했다.

선생님이 조회를 마치고 나가자, 반장이 바구니를 들고 휴대폰을 걷으러 다녔다. 다른 반은 휴대폰 소지를 자율에 맡기는데, 우리 반은 수업 직전 휴대폰 제출이 의무 사항이었다. 선생님은 학기 초에 휴대폰 기종과 개수까지 다 확인해, 평소에 쓰지 않는 공기계나 두 번째 폰까지 모조리 내도록 했다.

— 우리 윤아, 많이 아파?

휴대폰을 내기 전에 윤아에게 메시지를 보냈다. 윤아의 답장은 수업 마치고 나서야 확인할 수 있고 답도 뻔하지만, 친구로서 챙길 건 챙겨야 했다.
"제갈희진!"
선생님이 뒷문을 열고 나를 불러서 복도로 나갔다.
"윤아 많이 아픈 거 아니지?"
"잘 모르겠어요. 일단 문자 보내 놨어요."
"잘했다. 그런데 너, 집에 무슨 일 있어?"
우리 선생님은 고3 담임만 십 년 넘게 하다가 처음으로 고1 담임을 맡았다고 했다. 학생 개개인의 신상 변화와 미묘한 반 분위기를 귀신같이 알아차려 점쟁이로 불렸다. 누가 누구와 사귀고, 헤어지고, 다시 만나고, 삼각으로 꼬이는 연애사도 연예 신문 수준으로 알아차렸다. 학생들 사이에 첩자를 심어 두었다는 소문이 돌 정도였다. 하지만 누가 뭐래도 선생님의 최고 관심사이자 주

종목은 입시였다. 전지적 대입 시점으로 인생을 바라보는 사람이었다.

"아무 일 없어요."

대답하는 목소리가 떨렸다. 선생님은 우리 집안 사정을 잘 알았고, 그럴수록 공부에 집중해야 한다며 수시로 격려하고 체크했다. 집에 무슨 일이 있는 건 어떻게 알았을까. 선생님의 예리함에 다시 한번 놀랐다. 고3 담임을 십 년 정도 하면 학생들의 내면과 집안 사정을 보는 투시력이 장착되는 걸까. 엄마가 기밀이라고 강조했으므로 떨리는 마음을 누르고 티를 내지 않으려 노력했다.

"중간고사 끝났다고 다른 애들처럼 해이해지면 안 된다. 할아버지한테 공진단 한 박스 사 달라고 말씀드려. 든든히 먹어서 영양 보충 하고, 다시 집중해라. 이번 달은 모의고사 중심으로 공부 계획을 짜 봐. 너도 알겠지만, 우리 학교 1등은 아무것도 아니야. 네 경쟁자는 전국 곳곳에 있어. 서울대 어느 과를 지원해도 붙을 수 있도록 소수점 없는 1등급을 유지해야 한다. 모의고사는 무조건 만점을 목표로 하고. 국어는 보충하고 있지? 공부 시간, 기상 시간, 취침 시간은 지키고. 루틴 무너지면 안 된다."

나는 평소보다 격하게 고개를 끄덕였다. 선생님의 관심이 부담스러웠지만 무관심보다는 나았다.

"무슨 일로 부르신 거야?"

자리로 돌아오자 짝이 물었다.

"우리 샘 진짜 용한 것 같아."

"왜?"

"집에 무슨 일이 있는데, 딱 그걸 물으셔."

"원래 모든 집에는 항상 일이 있어. 또?"

"중간고사 끝났으니 모의고사 준비에 집중하라고."

"그런 얘기는 나도 하겠다. 또 영양 보충 하라고 하지?"

"헉! 어떻게 알았어?"

"다 뻔한 얘기야. 괜히 쫄지 마. 1등은 그냥 하고 싶은 대로 해."

내 짝은 나를 '1등'이라 불렀다. 전교 1등을 가까이서 본 건 처음이라며 각별히 챙겼다. 괴롭히거나 방해하는 애들 있으면 말하라고도 했다. 일반고 1등은 선생님과 아이들의 특별한 보호와 지지를 받곤 한다. 이른바 노는 애들도 내가 공부를 시작하면 떠드는 애들을 밖으로 데리고 나간다. 야, 희진이 공부하잖아, 다 조용히 해, 우리 학교에서 수능 만점 한번 나오게 하자, 이러면서. 시험 기간에는 커피나 초콜릿 따위를 책상 위에 슬며시 놓고 가는 친구도 많다. 이런 대우를 받아도 되나 황송할 정도다.

"얘들아, 어서 와."

소미가 독서실 앞에서 우리를 기다리고 있었다. 소미는 우리보다 빨리 와서 1층 입구에 서 있을 때가 많았다.

"8반은 종례를 빨리 하나 봐. 항상 우리보다 먼저 오네."

상우가 말했다.

"내가 빨라서 그래. 난 시간과 공간을 뛰어넘는 능력이 있거든."

소미는 가끔 유머를 시도하는데 썰렁하기만 하고 한 번도 제대로 웃긴 적은 없었다.

"윤아는?"

소미가 나와 상우를 보며 윤아를 찾았다.

"결석이야."

내가 대답했다.

"병결. 아프대."

상우가 웃으며 덧붙였다.

"아프다는데 왜 웃어?"

상우의 웃음이 거슬렸는지 소미가 정색하며 따졌다.

"아! 윤아는 병결이 잦아. 조금만 피곤해도 결석이거든. 아픈 건 참으면 안 된대. 조금 있으면 멀쩡한 얼굴로 나타날 거야."

내가 상우를 대신해 이유를 설명했다. 상황을 모르면 오해할 수 있었다.

"말도 안 돼. 아프지 않으면서 아프다는 사람은 없어. 아프다는데, 친구가 그러면 안 되지. 문병 가야 하는 거 아니야?"

소미는 여전히 언짢은 표정이었다.

"괜찮을 거야. 너무 걱정할 거 없어."

내가 소미를 한 번 더 달랬다.

"너무 가볍게 말한다. 공부가 중요하고 시간이 없어도 그렇지, 너희 너무 이기적인 것 같아."

소미의 예민한 반응이 당황스러웠다. 아무리 윤아와 더 친하다고 해도 우리에게 이기적이라고 하는 건 심했다.

"빨리 전화해 봐. 난 휴대폰이 고장 나서 전화를 못 해."

소미는 휴대폰이 먹통이라며 옆에 선 상우를 재촉했고, 결국 상우가 윤아에게 전화를 했다.

"안 받아."

한참을 기다리다가 상우가 말했다.

"다시 해 봐."

급기야 소미는 신경질을 냈고, 그때부터 나도 기분이 상했다. 비록 윤아와 초등학교 동창이라지만, 그동안 안 본 지 오래되었다. 우리가 소미보다 윤아를 잘 알았다.

"아침에 문자 보냈고, 수업 후에 괜찮다는 답장을 받았어. 이제 기다리면 되는 거야. 우리가 너보다 윤아를 더 잘 알아."

"잘 알아서 놓치는 것도 있어. 익숙해서 모를 수 있다고. 좀 더 확실해지면 말하려 했는데, 윤아는 지금 힘들어하고 있어. 의지가 약해서 결석을 자주 하는 게 아닐 거야. 내가 볼 때 윤아의 손목 흉터는 긁어서 생긴 상처가 아니야. 칼로 찌른 상처 같아."

소미가 마지막으로 덧붙인 말에 나와 상우는 잠시 할 말을 잃었다. 하지만 곰곰이 생각해도 윤아가 그럴 리는 없었다.

"말도 안 돼. 윤아가 왜?"

"나도 그렇게 생각했어. 하지만……."

소미는 말끝을 흐렸다. 잠시 말없이 있더니 너무 흥분했다며 사과했다.

소미와 친해지기는 힘들 것 같다. 특이하고 신선해 관심이 갔지만 자주 선을 넘는 건 부담스러웠다. 특히 모든 걸 안다는 듯한 태도가 기분 나빴다. 윤아가 우울하다고 느껴 본 적은 없다. 불안증이 심해 손톱을 뜯거나 샤프로 치마 속 허벅지를 찔러 일부러 상처를 내는 애들이 있었다. 하지만 윤아는 한 번도 그런 적이 없다. 소미는 윤아를 모른다. 어릴 때 잠깐 봤을 뿐이다. 초등학생 때 둘이 특별히 친한 것도 아니었다. 윤아는 내가 잘 안다. 내가 아는 가장 명랑한 아이고, 누구보다 자신을 사랑한다.

소미는 혼자서라도 윤아네 집에 가겠다며 고집을 부렸다. 상우가 소미에게 윤아네 가는 길을 설명하는 동안, 나는 독서실에 올라갔다. 오전에 아프던 배가 다시 살살 아팠다. 며칠 전부터 아픈 건 나였다. 진통제와 소화제로 버티며 참을 뿐이었다. 고등학생 중에 어디 한 군데라도 아프지 않은 아이는 없다. 아침부터 밤까지 책상 앞에 앉아 있고, 잠도 부족한데 어떻게 몸이 멀쩡할 수 있을까. 다들 아픈 몸을 달래며 살아간다. 걸핏하면 아프다는 윤아도, 유난스러운 소미도 마음에 들지 않았다. 이기적이고 매정한지 몰라도 내 생각은 분명했다.

10

정체불명의 복통이 시작된 건 4교시부터였다. 며칠 전부터 이따금 배가 아프긴 했지만 금세 가라앉았다. 그런데 이번엔 달랐다. 진통제와 소화제를 먹어도 나아지기는커녕 오른쪽 아랫배를 누르는 묵직한 진통이 점점 심해졌다. 움직이기 힘들 정도였다. 장염인가, 맹장염, 아니 충수염인가. 병명을 생각하며 끙끙 앓다가 결국 보건실에 끌려갔다. 수학 수업이라 빠지기 싫었는데 짝이 선생님에게 내가 거의 죽어 간다고 말하는 바람에 더 버틸 수 없었다.

"무리해서 그런 거야."

쉬는 시간에 보건실로 윤아가 찾아왔다. 윤아의 진단은 평소 성격대로 단순 명쾌했다. 내 복잡한 분석과 달랐다.

"시험 끝났으면 푹 쉬어야지. 계속 달렸잖아. 내가 말했지. 고등학교 공부는 뭐다?"

"마라톤."

"그렇지! 아픈 와중에도 출제자의 의도는 기가 막히게 파악한다니까."

윤아 말을 들을 걸 그랬다. 시험 끝나고 적당히 쉬었으면 좋았을 텐데 너무 달린 모양이다. 윤아는 쉬는 시간 동안 곁에 바짝 붙어 쉴 새 없이 떠들었다. 별 재미도 없는, 들으나 마나 크게 상관없는 시시한 이야기였는데, 신기하게 통증을 줄이는 데는 효과가 있었다. 약을 먹어도 가라앉지 않던 통증이 서서히 가셨다. 쉬고 놀아야 낫는 병이었나 보다. 고등학교 공부는 정말 마라톤인지도 모르겠다.

"너는 괜찮아? 어제 많이 아팠던 거야?"

내가 물었다. 친구가 아픈데 너무 무심하다는 소미의 말이 떠올라서였다.

"아침에 몸이 축 처져서 못 일어나겠더라고. 지금은 쌩쌩해."

"소미가 너희 집으로 찾아간다고 했는데 만났어?"

"응, 갑자기 찾아와서 놀랐지 뭐야. 걔 좀 웃기지 않니? 집으로 문병 온 애는 처음이었어."

윤아는 소미의 관심이 싫지 않은 눈치였다. 누구를 싫어하는 애가 아니긴 했다. 내가 많은 친구 중 윤아를 특별히 좋아하는 이유도 그런 평범함과 무난함 때문이었다. 내가 가장 갖고 싶은, 그럼에도 결코 가질 수 없는 덕목이었다. 윤아는 외모, 성적, 집안 형편 등 모든 면이 그야말로 평범 그 자체다. 예쁘지도, 그렇다고 딱히 못생기지도 않은 외모에 성적은 5등급 아니면 6등급. 이름마저도 평범의 운을 타고났다. 우리 반에는 김씨가 여섯 명이고, 윤하, 유나, 윤 등 윤아와 비슷한 이름만 너덧 명이다. 선생님들의 기억에 머물기 힘든 이름이다. 가족 구성원도 무난했다. 윤아 아빠는 공무원, 엄마는 선생님, 남동생도 윤아처럼 적당히 공부하고 쉽게 행복해하는 아이였다. 그야말로 평범한 십 대로 살기에 최적화된 운명을 타고난 셈이다. 난 그런 윤아가 부러웠고, 할 수만 있다면 그 아이의 무난함에 슬쩍 묻어가고 싶었다.

나는 윤아처럼 쉽게 숨겨질 수 있는 사람이 아니었다. 아빠가 없는 미혼모의 딸이라는 것도 벅찼는데, 하필이면 그 미혼모가 희귀 성씨인 바람에 제대로 숨을 수조차 없었다. 어디에서나 튀었다. 정확한 근거를 댈 수는 없지만 아마 김씨나 이씨, 박씨 성을 가진 미혼모 딸보다 최소 두세 배는 힘들었을 것이다. 할아버지는 '제갈' 성이 삼국지에 나오는 중국 촉나라 승상 제갈량의 아버지인 제갈규를 시조로 하는 귀한 성씨라 했다. 대대로 지성과 덕망을 지닌 집안이라며 자부심을 가지라고 했다. 훌륭한 조상님께는 배은망덕하고 송구한 일이나 나는 '제갈'의 후예라는 사실을 자주 저주했다. 내 이름 앞에 붙은 '제갈'이 '제길'로 보일 때가 많았다. 제길, 운명은 나에게 너무 가혹하고 매정했다. 선생님들은 가정 환경 조사서에 적힌 나와 엄마의 이름 앞에 붙은 '제갈'을 보고, 내가 아빠 없는 아이며 엄마의 성을 따른다는 걸 바로 인지했다.

요즘은 엄마 아빠 성을 같이 쓰는 친구도 있고, 엄마 아빠가 이혼하면서 엄마 성으로 바꾸는 친구도 있다. 대체로 남의 성에 별로 관심이 없다. 하지만 몇 년 전만 해도 사정이 달랐다. 나는 너무 쉽게 드러났다. 대놓고 자세한 사정을 물어보거나 차별하는 선생님은 없었지만 딱하게 보는 눈빛은 정말 싫었다. 엄마의 성이 제갈만 아니어도 얼마나 좋을까 생각했다. 이름은 가정법원의 허가를 받아 바꾸면 되는데, 성은 바꿀 수도 없었다. 엄마가 지긋지긋했다. 벗어나고 싶어도 벗어날 수 없는 깊은 늪 같았다.

쉬는 시간이 끝나고 윤아가 교실로 돌아갔다. 배가 다시 아팠다. 침대에 누워 핫 팩을 대고 있어도 나아지지 않았고, 배 속이 꼬이는 느낌이었다. 보건 선생님이 옆에 머물며 어느 쪽이 아프냐, 오른쪽이냐, 왼쪽이냐, 콕콕 찌르는 것처럼 아프냐, 꾹 누르는 것처럼 아프냐고 물었다. 하지만 통증을 세세하게 구별하기 힘들었다. 그냥 배 전체가 아팠다. 찌르는 것 같기도, 누르는 것 같기도 했다. 지켜보던 선생님은 아무래도 병원에 가 보는 게 좋겠다며, 담임 선생님을 불렀다.

"어머니한테 전화하고, 병원 가야겠다."

내 상태를 본 담임 선생님도 질병에 의한 조퇴는 신경 쓸 것 없다며 병원에 가자고 했다. 선생님이 엄마에게 전화를 했는데, 받지 않았다. 내 휴대폰으로 다시 해도 마찬가지였다. 내 전화는 놓치는 법이 없는데 이상했다. 선생님이 할아버지 전화번호를 찾고 있을 때 서서히 통증이 가라앉았다.

"선생님, 저 조퇴하고 집으로 갈게요."

선생님이 아무리 편하다 해도 병원에 같이 갈 만큼은 아니었다. 남자 선생님에게 기대어 걷는 것도, 배 아픈 상황을 자세히 설명하는 것도 영 불편했다.

"충수염일 수 있으니 병원에 가서 확인해. 오래되어 복막염이 되면 위험하니까."

보건 선생님이 나를 일으켜 주며 여러 번 당부했다. 나는 그러겠다고 했다.

고등학교 들어와 첫 조퇴였다. 버스 안에 교복을 입은 사람은 나밖에 없었다. 빈자리가 많아 뒤쪽 자리로 가서 앉았다. 배 오른편에서 통증이 가끔 올라왔지만 참을 만했다. 창문에 기대어 밖을 바라봤다. 유난히 맑고 환한 날이었다. 매일 다니는 길인데도 풍경이 새로웠다. 평소와 다른 기분이었다.

초등학생 때 할아버지와 다니던 어린이 수영장이 보였다. 할아버지가 수영은 할 줄 알아야 한다며 싫다는 나를 꾸역꾸역 데리고 다녔다. 출입구 위에 걸린 간판이 많이 낡아 있었다. 윤아가 좋아하는 코인 노래방도 지났다. 개업 2주년 기념. 4곡에 천 원, 10

곡에 2천 원. 화려한 색깔의 입간판이 바람에 흔들렸다. 휴대폰을 꺼내 사진을 찍었다. 할인 소식을 전해 주면 윤아가 좋아할 터였다. 잠시 새로운 곳을 여행하는 기분이었다. 윤아가 자주 조퇴하는 이유를 알 것 같았다. 이번 정류장은 매일은행 삼거리, 매일은행 삼거리. 방송 소리를 듣고 급하게 하차 벨을 누르고 버스에서 내렸다.

집 앞에 도착해서 현관문 비밀번호를 눌렀다. 그리고 천천히 들어섰다. 엄마, 엄마. 크게 불렀지만 아무 반응이 없었다. 불길한 느낌이 온몸을 감쌌다. 엄마가 보이지 않았다. 집에 오는 내내, 아니 엄마가 전화를 받지 않았을 때부터 엄마가 집에 없다는 사실을 직감적으로 알았던 것 같다. 내 느낌이 틀리기를, 엄마가 아무 일 없다는 듯 집에 있기를 바랐다. 예상치 않은 사건을 맞닥뜨리고 싶지 않았다. 하루하루 별일 없이 루틴대로 지내는 게 소원이었다.

집에 없다는 건 다른 세계에 있다는 뜻이었다. 엄마가 집 밖으로 나갔을 리는 없다. 엄마에게 문밖은 다른 세계보다 훨씬 멀다. 낮에는 집에 있다고 했는데 거짓말이었다. 업무 시간에만 텔레비전 안에 들어가는 게 아니라 더 많은 시간 동안 다른 세계에 가 있는 것이었다. 앞으로는 솔직하겠다고, 모든 비밀을 공유하겠다고 해 놓고 그러지 않았다. 엄마는 텔레비전 안에 있었다. 오늘만 특별히 그런 게 아니라 내가 없는 시간엔 대부분 그런 것 같았다.

텔레비전에선 낚시 대회가 한창이었다. 많은 사람이 호숫가에 둘러앉아 낚싯대를 드리운 채 물고기가 낚이기를 기다리고 있었다. 엄마처럼 소파에 누워 텔레비전을 봤다. 낚시꾼들이 물고기를 기다릴 때 나는 화면에서 엄마가 나오기를 기다렸다.

호수를 바라보는데, 화면이 평상시와 다르다고 느꼈다. 호수가 일렁이는 느낌이었다. 자리에서 일어나 텔레비전 앞으로 천천히 다가갔다. 손을 뻗어 화면을 만졌는데, 딱딱하지 않았다. 진짜 호수처럼 물컹거렸다. 손이 화면 속으로 빨려 들어갈 것 같았다. 화면 아래쪽에 '상시 활성 모드'라는 작은 글자가 눈에 들어왔다. 엄마가 낚시 채널만 본 이유를 알았다. 엄마는 낚시에 빠진 것이 아니라 낚시 채널 뒤에 숨은 어떤 세계에 관심이 있었다. 그 세계와 우리 세계는 어떠한 이유에서인지 서로 연결되어 있었고, 엄마는 수시로 그 세계에 넘나들었던 것 같다. 낚시 대회가 끝나고, 뼈에 좋다는 건강식품 광고가 길게 이어질 때까지 엄마는 돌아오지 않았다.

나는 더 이상 엄마를 기다리지 않기로 했다. 적당한 때 엄마를 따라 들어가 비밀을 직접 알아내기로 마음먹었다. 내가 텔레비전 안으로 뛰어들겠다는, 다소 위험하고 무모한 결정을 내린 건 순전히 엄마 때문이다. 엄마가 수상한 행동을 하지 않았다면 그런 일을 계획하지 않았을 것이다. 나는 정말 텔레비전 근처에도 가지 않을 작정이었다. 엄마가 어렵게 구한 일을 방해하거나 미래전자에 피해를 줄 생각이 없었다. 엄마와의 약속을 어기고 엄청난 위험을 무릅쓰려고 하는 건 엄마를 지키기 위해서다. 엄마는 연약한 사람이고, 어디로 튈지 모르는 사람이다. 지긋지긋한 엄마라 해도 지켜야 한다. 이 세계에서 엄마를 구할 사람은 나밖에 없다.

 엄마가 내 나이에 자신의 엄마를 거역하고 나를 낳았다면, 나는 엄마가 금지한 선을 넘어 텔레비전 안으로 뛰어들려 한다. 어쩌면 텔레비전이 멀티버스 단말기인 순간부터 일어날 일이었는지도 모르겠다. 다른 세계로 갈 수 있는 터미널을 가지고 뉴스나 예능만 볼 사람은 없다. 엄마는 진작에 이런 일을 예견하고 두려워한 것 같다. 그래서 나를 볼 때마다 텔레비전을 건드리지 말라고 강조했던 것이다. 하지 말라면 더 하고 싶어진다는 것을 누구보다 잘 알면서 말이다. 엄마에게는 절대 안 되는 일이나, 딸에게는 기필코 해야 하는 일이 있다. 딸은 언제든 엄마를 배반할 수 있고, 결정적인 순간 엄마를 이긴다.

2부

입장

1

모든 준비를 끝내고 침대에 누웠다. 엄마가 들어가면 바로 뛰어들 생각이었다. 엄마가 그 세계에서 누구를 만나고 무슨 일을 하는지 알아야 했다.

"신발은 꽉 들고 가든가 주머니에 담아 가야 해."

며칠 전에 엄마에게 다른 세계에 갈 때 주의할 점이 있는지 다시 확인했는데 대답이 너무 웃기고 특이했다. 세계를 건너갈 때 길이 험해서 신발을 그냥 신고 가면 꼭 한 짝을 잃어버린다는 것이었다.

"다른 세계에서 한동안 신발 한 짝만 신고 다녔다니까."

세계를 자주 건너 본 사람만이 할 수 있는 생생한 증언이었다. 엄마는 그 밖에도 여러 가지를 알려 주었다. 우리 세계와 아주 다른 세계가 있는가 하면 많이 닮은 곳도 있다고 했다. 또한 괜히 꺼려지는 곳이 있는가 하면 특별히 더 마음이 가는 곳도 있다고 했다. 모든 말을 귀담아들었다. 첫 여행을 앞둔 사람으로서 당연한 태도였다. 엄마는 내가 엄마를 따라 들어가려는 음흉한 계획을 세운 줄도 모르고 신나게 정보를 흘렸다. 나를 어른 말 잘 듣는 딸로 굳게 믿었다.

"네가 성인이 되면 그때는 엄마랑 같이 다른 세계에 가 보자."

엄마의 갑작스러운 제안에 깜짝 놀랐다.

"아니야. 나는 안 가! 절대 안 가."

나도 모르게 강하게 거부했다.

마음은 여전히 복잡했다. 빨리 뛰어들고 싶었다가, 텔레비전이 고장 나거나 멀티버스 시스템에 오류가 생겨 들어갈 수 없는 상황이 오기를 바라기도 했다. 텔레비전 안으로 들어가도 괜찮을까, 너무 위험하고 성급한 결정은 아닐까, 교통사고보다 확률이 낮다는 사고가 하필 나에게 일어나면 어떡하나. 질문이 꼬리에 꼬리를 물었다. 어느 것 하나 자신할 수 없었다. 다른 세계에 도착하기도 전에 길을 잃거나 우리 세계로 다시 돌아올 수 없는 상황은 생각만 해도 끔찍했다. 최악의 경우가 번갈아 가며 떠올랐지만 불면의 밤에 찾아오던 가위처럼 막을 능력이 없었다. 그저 머릿속을 마음껏 휘젓고 지나가도록 내버려 둘 뿐이었다. 다행히 온갖 경우의 수를 다 따지고 나니 오히려 마음이 가벼워졌다. 두려움이 완전히 사라지진 않았지만 감당할 만했다. 내 선택에는 변함이 없었다.

얼마나 지났을까. 문틈으로 강력한 빛이 들어오며 바닥에서 미세한 진동이 느껴졌다. 채널이 열리고 있었다. 나는 조용히 일어났고, 문 앞에 준비해 둔 신발주머니를 들고 거실로 나갔다.

엄마가 낚시 채널 앞에 서서 책장을 넘기듯 화면을 넘겼다. 그러자 텔레비전의 화면이 하얗게 변했고 정중앙에서 분홍색의 고리가 맹렬히 움직였다. 멀티버스 운영 시스템이 켜지고 있었다. 엄마가 소파 위에 올라갔다. 나는 행여 엄마 눈에 띌까 내 방 쪽으로 서너 걸음 물러섰다. 마침내 엄마가 텔레비전 속으로 훌쩍 뛰었다. 엄마의 움직임엔 주저함이나 두려움이 없었다. 진입 장면을 여러 번 봤지만 볼 때마다 신기하고 약간은 무서웠다. 엄마 몸은 자연스럽게 텔레비전 화면을 뚫고 서서히 사라졌다.

내 차례였다. 서둘러 소파에 올라갔다. 남은 시간이 별로 없었다. 세계가 열려 있는 시간은 1분 남짓이었다. 신발주머니를 안고, 화면 속 고리를 정조준해서 자리를 잡았다. 머리로 하는 건 뭐든 잘하지만 몸으로 하는 건 서툴렀다. 줄넘기도 남보다 한참 늦었고, 피구나 발야구에서는 언제나 제일 마지막에 뽑히는 아이였다. 수영장에서는 특히 진도가 늦었다. 출발대에 한참 서 있기만 하고 뛰어내리지 못했다. 기다리는 아이들에게 자주 원성을 들었다. 할아버지가 보호자 대기실 유리창 너머에서 주먹을 불끈 쥐며 응원했다.

"괜찮아. 계속해."

소리는 들리지 않았지만 할아버지 입 모양이 그렇게 말했다. 할아버지 말대로 계속했다. 내 순서가 되면 어김없이 출발대에 올라섰다. 여러 번 뛰어내리지 못하고 내려왔지만 계속 올라갔고, 결국 해냈다. 막상 뛰어내리니 생각보다 무섭지 않았다.

수영장 출발대에 다시 선 기분이었다. 할아버지가 어딘가에서 주먹을 불끈 쥐며 나를 응원해 주고 있을 것 같았다. 나는 그때처럼 훌쩍 뛰어올랐고, 텔레비전을 향해 몸을 날렸다. 하얀 화면이 수영장 물처럼 부드럽게 열리며 나를 받아 주었다. 들어가는 느낌은 꽤 괜찮았다. 하지만 그 이후는 예상보다 훨씬 나빴다. 바닥 없는 깊은 수렁으로 빠지는 느낌이었다. 강력한 괴물이 저 밑에서 끌어당기는 듯했다. 나는 끝없이 아래로 떨어지며 쉴 새 없이 소리를 질렀다.

"롤러코스터를 타는 것과 비슷해."

채널을 통과하는 기분이 어떠냐고 물었을 때 엄마는 이렇게 말했지만, 나의 경우는 달라도 한참 달랐다. 롤러코스터보다는 높은 곳에서 수직으로 떨어지는 놀이기구와 더 비슷했다. 나중엔 너무 무서워 비명도 나오지 않았다. 그저 멍한 상태로 몸을 맡길 수밖에 없었다. 정신이 아득해질 무렵 다행히 떨어지는 속도가 줄어들었고, 엄마가 말한 롤러코스터 구간이 시작되었다. 몸이 제멋대로 움직였다. 좌우로 흔들렸다가 위아래로 들썩였다가 나중에는 사방에서 몸을 털고 쥐어짜는 것 같았다. 완전히 찌그러져 납작해지거나 가루가 되겠다는 생각마저 들었다. 먼지가 되어 사라지는가 싶을 때 빛이 느껴지며 긴 터널에서 빠져나왔다.

눈앞이 흐릿하고 귓속은 멍했다. 온몸이 너덜너덜 분해된 느낌이었다. 느슨하게 퍼진 세포와 신경들이 원래 자리로 돌아가지 못하고 헤매고 있었다. 갑작스럽고 거친 착지 탓에 엉덩이와 허벅지도 뻐근하게 아팠다. 다시 올 일은 없겠지만 혹 그런다면 그때는 신발주머니와 함께 푹신한 방석도 준비하는 게 좋을 듯했다. 어디선가 시원한 에어컨 바람이 불어왔고 서서히 정신이 들었다.

"처음 오셨나요?"

누군가 다가와 말을 걸었다. 검은색 망사 바지에 호피 무늬 셔츠를 입은 남자였다. 짧은 파마머리였는데 가발을 쓴 것 같았다. 스타일이 특이해 웃음이 났다.

"아, 아니에요."

내 신분을 드러내서 좋을 건 없었다.

"그러시군요. 혹시라도 도움이 필요하면 언제든 말씀해 주세요."

"감사합니다."

나는 여러 번 방문한 것처럼 능숙하게 행동했고, 남자는 내가 이방인인 걸 눈치채지 못한 채 자리를 떴다.

시간이 지나며 주변이 천천히 눈에 들어왔다. 마침내 도착한 다른 세계였다. 아주 짧은 순간 거실에서 다른 세계로 훌쩍 이동했다는 사실이 믿어지지 않았다. 셀 수 없을 만큼 많은 텔레비전이 사방에 빼곡히 걸려 있었고 각 화면에서는 영화, 오케스트라 연주, 자연 다큐멘터리 등 다양한 방송이 나왔다. 화려한 영상들이 새로운 세계에 도착한 나를 환영해 주는 느낌이었다. 내가 도착한 곳은 다름 아닌 대형 전자 제품 대리점이었다. 다양한 세계가 연결된 멀티버스 환승역이기도 했다. 엄마에게 들어 어느 정도 예상은 했지만, 우리 세계에 있는 대리점이나 마트보다 훨씬 컸다. 다른 세계로 이동하려는 사람과 전자 제품을 사려는 사람으로 매우 북적였다. 그 덕분에 낯선 사람의 갑작스러운 출현은 쉽게 묻힐 수 있었다.

첫 번째 시도는 성공이었다. 진입과 도착까지 안전하게 마친 셈이었다. 원래 세계로 돌아가는 숙제가 남았지만, 그것 역시 어렵지 않을 것 같았다. 엄마한테 수시로 방법을 물어봤으니까. 내가 나온 텔레비전으로 다가가 전원 버튼 아래에 적힌 시리얼 번호를 확인했다. MV171-로 시작하는 긴 숫자 배열이었다. 빠져나온 텔레비전으로 다시 들어가야 내가 있던 곳으로 정확히 돌아갈 수 있었다.

더 이상 지체할 시간이 없었다. 얼른 엄마를 찾아서 따라가야 했다. 텔레비전이 전시된 공간 끝에 아래층으로 내려가는 계단이 보였다. 나는 서둘러 1층으로 내려가 출입문을 통해 역 밖으로 나왔다.

바깥 풍경도 크게 낯설지 않았다. 동네같이 익숙했다. 다만 우리 세계와 시간대가 달라 이곳은 한낮이었다. 역 바로 앞으로 4차선 도로가 보였고, 오른편으로 도로를 건너는 횡단보도가 있었다. 엄마가 횡단보도 앞에 서 있었다. 반가웠지만 다가가지 않고 신호등이 바뀌기를 기다렸다. 들키지 않고 따라가려면 적당한 거리를 유지해야 했다. 우선은 엄마를 따라가 보기로 했다. 내 모습은 나중에 드러낼 계획이었다. 신호등이 녹색으로 바뀌고, 엄마가 횡단보도를 반쯤 지날 때 나도 급히 움직였다.

도로를 건넌 엄마는 왼쪽으로 방향을 틀어 인도를 따라 걸었다. 그런데 조금 걷던 엄마가 작은 트럭 앞에 멈춰 섰다. 꽃을 한 다발 사더니 꽃에 코를 대고 천천히 향기를 맡았다. 깜짝 놀란 나는 내가 보고 있는 사람이 엄마가 맞는지 여러 번 확인했다. 엄마가 꽃 사는 걸 태어나서 처음 봤기 때문이다. 꽃향기를 맡는 것과 꽃다발을 들고 한가롭게 걷는 것도 낯선 모습이었다.

"엄마, 선생님이 근처에 있는 봄꽃 앞에서 사진 찍어 오래."

엄마와 함께 나가고 싶을 때가 많았다. 봄이 되면 특히 그랬다. 벚꽃이며 개나리, 철쭉, 목련을 혼자 보는 게 아까웠다. 엄마가 보면 좋아할 것 같았다. 한번 보면 계속 보고 싶을 거라 생각했다.

"텔레비전에서 봤어. 직접 안 봐도 다 알아."

엄마는 번번이 거절했다. 텔레비전 안에 엄마가 원하는 것은 다 들어 있었다. 나는 점점 엄마에게 나가자는 말을 꺼내지 않았다.

오후의 밝은 햇빛 아래서 꽃향기를 맡으며 걷는 엄마가 새로웠다. 내 기억 속에는 없는 모습이었다. 걸음걸이가 어찌나 가볍고 발랄한지 발이 땅에 닿는 것 같지 않았다. 날아다니는 것 같았다. 엄마는 자유로워 보였고, 어디에도 얽매이지 않은 듯했다. 아무런 긴장도 두려움도 느껴지지 않았다.

그런데 어느 순간 엄마가 보이지 않았다. 엄마의 낯선 모습에 놀라 주춤하는 사이 엄마를 놓쳐 버린 것이다. 주변을 아무리 살펴도 엄마를 찾을 수 없었다.

다른 세계로의 첫 여행은 여기까지였다. 나는 다시 역으로 돌아가 MV171로 시작하는 텔레비전을 찾아 뛰어들었다. 집으로 가는 길도 올 때만큼 험난했다. 바닥 끝까지 떨어졌다가 온몸이 가루가 될 것처럼 흔들리고 또 흔들렸다. 중간쯤 엄마가 말한 두통도 생겼다. 하지만 몸보다 더 아프고 흔들린 건 마음이었다.

낚시 채널 뒤에 존재하는 새로운 세계는 우리 세계와 크게 다르지 않았고, 내 예상보다 훨씬 평범했다. 다른 건 그 세계에 있는 엄마였다. 우리 세계의 엄마와 많이 달랐다. 엄마가 캄캄한 방이 아닌 환한 거리를 유유히 걷는 모습이 머리에서 떠나지 않았다.

2

체험 학습 날이었다. 우리 반은 국립과학관까지 개인별로 이동해 매표소 앞 공터에서 만나기로 했다. 나와 상우는 지하철을 타고 일찍 도착해 입구 벤치에서 선생님과 반 친구들을 기다렸다.

"윤아는 제시간에 도착할까?"

내 질문에 상우는 알 수 없다는 뜻으로 어깨를 으쓱했다. 윤아가 아침에 늦게 일어났다며 따로 가겠다는 문자를 보내왔다. 지하철역에서 만나기로 해 놓고 오지 않은 것이다. 어쨌거나 한결같은 아이였다.

"무슨 일 있어? 피곤해 보여. 지하철에서도 생각이 많은 것 같았어."

상우가 말했다. 피곤하긴 했다. 잠을 못 자 머리가 멍하고 무거웠다. 채널을 오갈 때 이리저리 흔들린 탓에 체육 실기 시험 다음

날처럼 온몸이 뻐근했다. 시간과 공간을 동시에 뛰어넘어 낯선 세계를 다녀왔으니 후유증이 있는 건 당연했다. 생각이 많은 것도 사실이었다.

"엄마가 갑자기 다른 사람 같아. 나한테 뭔가를 숨기는 것 같거든. 그래서 배신감이 들어."

상우에게 솔직하게 털어놓았다. 평소에는 윤아가 편하지만 엄마 얘기를 할 때는 상우가 만만했다. 윤아 엄마는 다정하고 세련된 엄마 캐릭터 그 자체였다. 우리 엄마와 너무 달랐다. 그에 비해 상우 엄마는 인간적이었다. 상우가 통화할 때 옆에 있으면 큰 목소리가 휴대폰을 뚫고 나왔다. 상우도 나한테 엄마 흉을 많이 보기 때문에 나도 편하게 말할 수 있었다. 게다가 상우는 우리 엄마를 본 유일한 친구였다. 초등학생 때 우리 집에 한 번 놀러 온 적이 있고, 엄마가 캄캄한 거실에서 텔레비전만 보며 지내는 걸 가까이서 봤다.

"숨기는 데엔 이유가 있을 거야. 알려 주실 때까지 기다려. 네가 모든 걸 다 알아야 하는 건 아니잖아. 부모와 자식 간에도 비밀이 필요해. 우리 엄마는 나에 대해 너무 알려고 해서 부담스러워. 제발 좀 넘어갔으면 좋겠다니까. 독서실에서 조금만 늦게 가도 바로 전화하고. PC방 간다고 하면 무슨 게임 하냐, 나쁜 형들 없냐, 뭐 먹냐, 이런 것까지 물어. 가만 보면 너희 집은 우리 집이랑 반대야. 뭔가 바뀌었어. 네가 엄마고 너희 엄마가 딸 같아. 제발 엄마 걱정 그만해. 너희 엄마도 자기만의 삶과 생각이 있다고."

　상우 말도 맞다. 하지만 그건 자기 엄마가 아니라서 할 수 있는 말이다. 나도 상우 엄마가 뭔가를 숨긴다면 그냥 넘어가라고 조언했을 거다. 그래도 상우 덕분에 기분이 나아졌다. 상우는 섬세하고 속이 깊은 아이다. 초등학생 때도 그랬다. 그 당시 우리 반 남자애들 대부분이 동물성이었다면 상우는 식물성에 가까웠다. 사람을 그렇게 나눠도 된다면 말이다. 상우는 고요하고 움직임이 적었다. 가만히 다가왔다가 조용히 사라졌다. 식물이 인간이 뱉는 이산화탄소를 흡수하고 산소를 나눠 주는 것처럼 상우는 나에게서 나오는 유해한 기분을 가져가고, 그 대신 무해하고 좋은 기운을 전해 주었다. 다만 다른 애들이 상우의 그런 매력을 알지 못해 문제였다. 상우는 애들한테 자주 왕따를 당했고, 혼자 지낼 때가 많았다. 나도 초등학생 시절 인기와는 거리가 멀었다. 친구들이 괴롭히거나 따돌린 건 아닌데, 괜히 주눅이 들어 거리를 뒀다. 엄마 아빠에 대해 물어보면 어떡하나, 우리 집에 가자고 하면 어떡하나, 이런 걱정이 많았다. 학교에서 늘 긴장하며 지냈던 것 같다. 우리는 서로를 알아봤다. 저 아이 정도면 안전하겠다, 같이 다녀도 큰 탈이 없겠다. 처음엔 우정보다 보험에 가까웠다. 험한 세상에 적응할 때까지 돌봐 주는 임시 보호자와 같았다. 아무튼 나와 상우는 같이 다니며 웬만한 일에 주눅 들지 않는 사람으로 변해 갔다.

"저기 소미 아니야?"

이야기를 끝내고 각자 음악을 듣고 있을 때 상우가 말했다. 윤아가 나타나야 하는데 소미라니. 8반도 체험 학습 장소가 과학관이었나. 상우가 가리키는 쪽으로 고개를 돌렸다. 우리 또래로 보이는 무리 가운데 소미가 보였다. 아이들 가운데서 활짝 웃으며 수다를 떨고 있었다. 평소와 달리 머리를 포니테일 스타일로 바짝 묶어 새로워 보였다.

"그러네."

마침 소미가 속한 무리가 우리 쪽으로 천천히 다가왔다. 곧 가까이서 얼굴을 마주할 터였다.

"소미야!"

상우가 먼저 소미를 불렀다. 소미가 주위를 두리번거리다가 나와 상우를 발견했다. 나도 손을 흔들며 알은체를 했다. 그런데 소미가 우리를 힐끔 보기만 하고, 아무 대꾸 없이 휙 지나가 버리는 것이었다. 소미 주변에 있던 친구들이 우리를 보며 웃었다. 쟤네 뭐야, 모르는 사람한테 왜 인사를 해, 그런 표정이었다. 부끄럽고 황당해 얼굴이 화끈거렸다.

"소미 눈이 나쁜가? 왜 우릴 못 알아보는 거지?"

상우 역시 무안해하며 나를 봤다.

"무슨 소리야? 똑똑히 봤어. 얼마 전에 좀 다퉜다고 모른 척한 거야."

"설마!"

속 깊은 상우는 그럴 리 없다고 했지만, 속 좁은 내가 볼 땐 틀림없었다. 너무 유치하다는 생각이 들었다. 지난번 윤아 결석 때문에 다투긴 했지만, 그렇다고 인사하는데 모른 척하는 건 친구에 대한 예의가 아니다. 예민하다는 건 알았지만 무례할 줄은 몰랐다.

"희진아. 이것 봐. 뭔가 이상해."

상우가 종이 하나를 불쑥 내밀었다. 체험 학습 가정 통신문이었다. 통신문을 받아 들고 자세히 읽었다. 1학년이 다 같이 체험 학습을 하지만 반별로 모임 장소는 조금씩 달랐다. 1반부터 3반까지는 과학관, 4반부터 6반까지는 식물원, 7반부터 9반까지는 박물관이었다. 그러니까 8반인 소미는 과학관이 아니라 박물관에 있어야 했다.

"8반은 오늘 박물관이야."

"그러네."

이상하긴 했다. 조금 의아해하는 나와 달리 상우는 뭔가를 심각하게 생각하다가 소미의 뒷모습을 다시 쳐다봤다.

"왜 그래?"

상우를 잡고 흔들었다. 살짝 얼이 빠진 것 같아서였다.

"희진아, 놀라지 말고 내 말 잘 들어. 지금 우리는 아주 중요한 순간에 있어."

"중요한 순간?"

"응, 저 소미는 우리가 아는 소미가 아니야."

"우리가 아는 소미 말고 다른 소미도 있어? 괜히 편들지 마. 소미 맞아. 그냥 우리를 보고 모른 척한 거야."

소미가 과학관에 나타난 건 이상했지만, 실제 스케줄이 통신문과 다를 수도 있었다.

"그 아이는 정말 우리를 몰랐어. 마치 처음 보는 사람처럼 봤다고. 왜냐하면 우린 윤아와 달리 같은 초등학교를 나오지 않았으니."

상우 얘기는 알아듣기 힘들었다. 내가 이해력이 떨어지는 사람이 아닌데도 무슨 말인지 쉽게 받아들일 수 없었다. 불과 며칠 전까지 얼굴을 보며 얘기를 나누었던 사이인데 처음 본다는 건 무슨 말일까.

"저기 봐. 소미는 우리 학교 교복이 아니라 다른 학교 교복을 입고 있어. 주변 친구들도 그렇고."

다시 본 소미와 친구들은 정말 다른 학교 교복을 입고 있었다. 은성고 학생이 아니었다.

"소미는 우리 학교에 전학 오지 않았어."

상우의 확신에 찬 말을 듣자 갑자기 온몸에 소름이 돋았다.

"그럼 우리가 만난 사람은 소미가 아니라는 거야?"

"둘 다 소미야. 다만 저기 가는 아이가 우리 세계의 소미고, 우리가 독서실에서 만난 소미는 다른 세계의 소미인 거지."

"다른 세계의 소미?"

"도플갱어라고 들어 봤어?"

상우가 다시 물었다. 들어 본 적 있다. 도플갱어는 이중으로 돌아다니는 사람이라는 뜻이다. 자신과 똑 닮은 환영이나 사람을 보는 현상인데, 때로 어떤 사람과 비슷한 이를 발견할 때 사용하기도 했다. 그러니까 두 세계의 소미가 우리 곁에 동시에 존재하고 있다는 말이었다.

다른 세계의 소미. 도플갱어. 상우가 하는 말이 그대로 박제되어 공중에 둥둥 떠다니는 듯했다. 다른 때 같으면 말도 안 되는 일이라고 펄쩍 뛰었을 것이다. 어떻게 소미가 둘일 수 있냐고, 다른 세계가 존재하는 게 말이 되냐고, 설사 그렇다 해도 다른 세계의 소미가 우리 세계로 넘어올 수 있냐고. 하지만 나는 그러지 않았다. 다른 소미의 존재가 믿어졌고, 그제야 소미가 했던 이상한 말과 행동들이 조금씩 이해되기 시작했다. 상우가 알면 기절하겠지만 나는 다른 세계를 직접 다녀온 사람이었다.

멀어져 가는 소미를 지켜봤다. 그 아이는 계속해서 옆 친구와 얘기를 나누고 있었다. 우리가 아는 소미보다 훨씬 활발해 보였다. 그리고 보니 느낌이 조금 달랐다. 머리카락 색깔, 걷는 자세, 웃는 모습이 우리가 만난 소미의 것이 아니었다. 분명 소미였지만, 그 소미는 아니었다. 소미를 안 지 얼마 되지 않았지만 알 수 있었다.

"야, 나 빨리 왔지? 차가 안 막히더라."

때마침 윤아가 도착했다. 정말 생각보다 빨리 왔다. 점심시간이 되어서야 느긋하게 등장할 줄 알았다.

"반응이 왜 이래? 내가 반갑지 않나 봐. 둘이 싸웠어? 분위기가 좀 애매한데."

윤아가 나와 상우를 번갈아 보며 물었다. 싸운 건 아니지만 애매한 분위기이긴 했다.

"윤아야, 우리가 방금 누구를 봤는지 알아?"

윤아에게 얼른 말해야 혼란스러움에서 벗어날 것 같았다.

"몰라. 누구를 봤길래 귀신이라도 영접한 얼굴을 하고 있어?"

"귀신보다 더 놀라운 걸 봤어."

침착해 보이던 상우도 실은 많이 놀란 상태였다.

우리 주변으로 반 아이들이 모이기 시작했다. 담임 선생님이 한 명씩 이름을 부르며 출석을 확인했다. 선생님이 제시간에 온 윤아를 칭찬하는 바람에 소미 얘기를 할 분위기가 아니었다.

"이따가 얘기해 줄게. 내일 학교 가서 확인할 것도 있어."

상우가 말했다. 학교에서 소미의 존재를 확인하려는 것 같았다. 윤아는 귀신보다 놀라운 존재를 궁금해했지만 애들 많은 데서 함부로 그런 얘기를 꺼낼 수는 없었다. 그 대신 속상해하는 윤아를 위해 귓속말로 딱 한 마디만 했다.

"도플갱어라고 알아?"

3

 다시 횡단보도 앞에 섰다. 엄마는 도로를 건너자마자 지난번과 같은 방향으로 갔다. 다만 이번에는 꽃을 사지 않았고, 주위를 둘러보며 아주 천천히 걸었다. 카센터, 치과, 약국을 지난 엄마는 처음 나온 골목으로 들어갔다. 나는 그 앞에 멈춰서 몸을 숨긴 채 고개만 내밀었다. 엄마는 골목에서 조금 들어간 한 건물 앞에 서 있었다.
 전면이 유리로 된 단층 건물이었다. 입구에 '영 헤어숍'이라고 쓰인 커다란 간판이 걸려 있었다. 다른 세계에 도착하자마자 찾아온 장소가 미용실이라는 것은 의외였다. 우리 세계에서 엄마는 머리를 스스로 잘랐다. 때로는 그 모습이 무서웠다. 미용실에 정 가기 싫으면 내가 잘라 주겠다고 해도 직접 하겠다며 거절했다. 중학생 때까지는 내 머리도 엄마가 잘랐다. 정식 미용 가위가 아니라 집에 있는 문방구 가위로 길이만 맞추는 수준이었지만, 친구들이 헤어스타일이 괜찮다며 어느 미용실에서 잘랐냐고 물어보기도 했다. 하지만 미용에 관심이 있거나 소질이 있어서 그런 건 아니었다. 순전히 밖에 나가기 싫어서였다.

엄마가 잠시 옷매무새를 가다듬고 나서 건물 안으로 들어갔다. 직원들이 엄마에게 다가가 반갑게 인사를 하는 모습이 밖에서도 고스란히 보였다. 서로 잘 아는 분위기였다. 나는 잠시 기다리다가 미리 챙겨 온 모자를 꾹 눌러쓰고 미용실 안으로 들어갔다. 밖에서는 엄마 모습을 자세히 관찰하기가 힘들었다.

"어서 오세요. 영 헤어숍입니다. 예약하셨나요?"

한 직원이 다가와 물었다. 대리점에서 만난 직원만큼이나 친절했다.

"아, 아니요."

떨려서 목소리가 제대로 나오지 않았다.

"뭐 하시려고요?"

"음, 커트요."

뭐라도 말해야 했다.

"좀 기다려야 하는데, 괜찮으시겠어요?"

"네."

직원이 친절해서 마음이 편해졌다. 안내받은 소파의 가장 구석진 곳에 앉았다. 그리고 주변을 둘러보며 엄마를 찾았다.

"가운 입고 계세요. 혹시 중간에 취소 자리가 생기면 바로 들어갈 수 있어요."

가운을 입고 직원이 가져다준 찻잔을 받은 후 엄마가 어디 있는지 둘러보았다. 차를 한 모금 마시고 고개를 들었을 때 엄마가 보였다. 중앙에 있는 작은 방에서 나오고 있었다. 손님용 가운이 아니라 미용실 이름이 적힌 앞치마를 착용한 채였다.

"안녕하세요. 오랜만에 오셨네요."

놀랍게도 거울 앞에 앉은 손님에게 다가가 다정히 인사까지 건네는 것이었다. 옆에 있는 직원이 손님에게 커트용 보자기를 두르자 엄마는 가위와 빗 따위가 든 지갑을 허리에 찼다.

"어떻게 잘라 드릴까요?"

"살짝만 다듬어 주세요. 너무 짧지 않게요."

손님의 요구에 엄마가 알겠다고 했다.

엄마는 미용실에 자기 머리를 손질하러 온 것이 아니었다. 다른 사람의 머리를 하러 온 것이었다. 손님이 아니라 헤어 디자이너였다. 머리를 손질하고 손님을 대하는 태도가 편안하고 익숙해 보였다. 한두 번 해 본 솜씨가 아니었다.

엄마가 미용 기술을 배웠다거나 헤어 디자이너가 꿈이었다는 얘기는 들어 본 적이 없다. 미술을 하고 싶었는데 할아버지가 반대했다는 건 알고 있었다. 예고에 가고 싶었는데 안 된다, 무조건 인문계 고등학교에 가라, 해서 싸웠다고 들었다. 엄마는 할아버지가 엄마 꿈을 존중해 주지 않았고, 한 번도 믿어 준 적이 없다며 늘 서운해했다. 그런데 다른 세계에 와서 미술도 아니고, 갑자기 미용 일을 하는 이유가 궁금했다. 그렇게 하고 싶다면 우리 세계에서 하면 될 일이었다. 멀티버스 터미널의 기술적 오류를 찾고 각 세계의 정보를 탐색한다고 했는데, 실제로 하는 일은 달랐다.

탁자에 놓인 잡지로 얼굴을 가리고 엄마의 모습을 계속 지켜봤다. 엄마가 맞는지 의심스러울 지경이었다. 처음부터 놓치지 않고 잘 따라왔음에도 중간에 사람이 바뀌었나 하는 생각까지 들었다. 엄마는 집 밖에 나가지 않고 텔레비전만 보는 사람이었다. 빠르게 가위질을 하며 중간중간 손님에게 말을 거는 적극적인 엄마가 신기했다. 심지어 엄마는 다른 디자이너가 할 일을 지시하기도 했다. 사람들이 엄마를 '원장님'이라 부르는 것 같았다.

"염색약 준비해 주세요. 여기 번호랑 비율 적어 놨어요."

엄마가 손님의 머리를 자르고 나서 멀리 있는 직원을 불러 말했다. 잠시 후 그가 그릇에 담긴 염색약을 가져왔고, 엄마와 직원은 마주 서서 손님의 머리카락에 염색약을 바르기 시작했다. 매캐한 화학 약품 냄새가 내 자리까지 풍겼다. 엄마 몸에서 나던 바로 그 냄새였다. 궁금했던 냄새의 정체가 밝혀진 순간이었다. 손가락에 묻은 검은 얼룩 또한 염색약과 관계가 있을 것 같았다.

통유리창으로 들어오는 햇빛 덕분에 멀리 떨어진 곳에서도 엄마가 잘 보였다. 엄마는 일하면서 계속 웃었고, 이야기도 멈추지 않았다. 특히 소리 내어 웃을 때는 현실 같지 않았다. 엄마가 좋아하는 텔레비전 드라마 속의 한 장면 같았다.

"디자이너님. 오랜만에 봬서 그런지 분위기가 좀 바뀐 것 같아요."

"네?"

손님의 말에 엄마가 놀란 표정을 지었다.

"얼굴과 일하는 스타일은 비슷한데, 말투랑 전체적인 분위기가 좀 달라졌어요."

그 순간 엄마가 들고 있던 그릇을 떨어뜨렸고, 그 바람에 염색약이 사방으로 튀었다. 손님이 자리에서 일어났고 여러 직원들이 엄마와 손님 곁으로 몰려갔다. 한 직원은 손님을 챙기고, 다른 직원들은 바닥에 쏟아진 염색약을 분주히 닦았다.

"죄, 죄송합니다. 제가 그릇을 놓쳤어요."

엄마는 손님에게 거듭 사과를 했고, 손님은 다행히 괜찮다며 하던 염색을 마무리하자고 했다. 어지러운 상황이 정리되고 엄마는 다시 일을 시작했다. 아무렇지 않은 듯 자연스럽게 행동했지만 처음과 느낌이 달랐다. 엄마는 불안해하고 있었다. 딸인 내 눈에는 다 보였다.

"손님, 지금 커트하시겠어요? 원장님 다음 스케줄이 취소되어서 가능할 것 같아요."

그때 한 직원이 내게 다가와서 말했다. 원장님이라면 엄마였다.

엄마 앞에 나타날 기회였다. 내가 따라온 것을 밝히고, 엄마가 이 세계에 들어와 미용 일까지 하는 이유를 물어야 했다. 하지만 타이밍이 좋지 않았다. 엄마는 매우 불안한 상태였고, 나까지 나타나면 패닉에 빠질 것 같았다. 그리고 주변에 사람이 너무 많았다. 엄마를 곤란에 빠뜨릴 수는 없었다. 지금은 아니라는 판단이 섰고, 나는 다음에 다시 오겠다는 인사를 하고 엄마 몰래 미용실을 빠져나왔다.

환승역으로 돌아가는 내내 혼란스러웠다. 한마디로 정의하기 힘든 복잡한 기분이 들었다. 초등학생 때 엄마를 집에 두고 혼자서 학교까지 걸어가던 때와 비슷했다. 위험을 무릅쓰고 용감하게 텔레비전 안까지 따라 들어왔다. 그리고 엄마가 하는 일을 알아냈다. 하지만 뿌듯하면서도 약간 슬펐다. 엄마는 열심히 일하고 있었지만, 나와 손님에게 뭔가를 숨기는 듯했다.

골목을 빠져나왔음에도 염색약 냄새가 계속 났다. 잠시 머물렀을 뿐인데 어느새 내 몸에도 진하게 밴 것 같았다. 독한 냄새가 꼭 이 낯선 세계의 냄새 같아서 싫었다. 다 털어 내고 빨리 우리 세계로 돌아가고 싶었다.

4

우리 반은 4층에, 8반은 3층에 있었다. 같은 학교, 같은 학년이어도 층이 다른 반끼리는 좀처럼 만나기 힘들었다. 쉬는 시간이 짧아 다른 층까지 가서 놀 여유가 없었다. 대형 뉴스는 층을 넘어 전해졌지만, 소소한 소식은 같은 층 안에서 소비되고 사라졌다. 전학은 다른 층까지 넘나들지 않는 평범한 뉴스에 속하기 때문에 직접 가서 확인하는 수밖에 없었다. 학기 초 통합과학 선생님 심부름으로 9반에 잠깐 들른 것 빼고 개인적 이유로 3층에 내려가는 건 처음이었다. 활동 범위가 좁은 상우는 고등학교에 들어와 3층 땅을 처음 밟는다고 했다. 겨우 한 층 내려왔을 뿐인데 3층은 우리 층이랑 분위기가 많이 달랐다. 마치 다른 세계로 건너온 느낌이었다. 4층은 1학년만 있어 난장판인데 3층은 2학년과 같이 써서 차분한 모양이라고, 윤아가 이유를 설명했다. 그 나름 설득력이 있었다.

"소미가 도플갱어라니, 어이가 없다. 과학관 앞의 아이는 그냥 소미와 많이 닮은 아이였을 거야."

윤아는 나와 상우가 밝힌 소미의 정체를 믿지 못하겠다고 했다. 8반에 소미가 있을 거라 장담했다. 여러 세계가 동시에 존재하며 한 세계에 사는 사람이 의도적이든 우연이든 다른 세계를 방문할 수 있다는 대목까지는 동의하면서도, 그 사람이 소미라는 의견에는 반대했다. 특히 최근에 우리 곁에 나타난 소미가 다른 세계의 소미일 가능성은 제로에 가깝다고 했다. 멀리 있는 진실은 쉽게 믿어도, 바로 눈앞에서 벌어진 일은 받아들이기 힘든 법인가 보다.

"네가 소미를 처음 만난 날 그랬잖아. 소미가 많이 변했다고. 꼭 다른 사람 같다고도 했어."

상우가 말했다.

"그건 성숙했다는 뜻이지, 진짜 다른 소미라는 말은 아니었어. 다른 세계의 소미가 우리 앞에 나타날 이유가 없잖아."

윤아는 끝까지 나와 상우의 말을 믿지 않았다.

"일단 소미가 우리 학교에 전학 왔는지 확인해 보자. 다른 세계에서 잠시 넘어왔다면 전학 수속을 밟았을 리 없으니까."

내가 대안을 제시했고, 결국 점심시간에 다 같이 3층으로 내려왔다.

마침내 8반 앞에 도착한 나와 상우는 진실을 다주할 생각에 살짝 떨었지만, 윤아는 그저 평화로워 보였다.

"안소미 좀 불러 줄래?"

윤아가 교실에서 나오는 한 아이를 잡고, 한 ㅊ 의 의심도 없이, 아주 일상적인 말투로 부탁했다.

"안소미?"

그 아이 역시 윤아만큼이나 안정된 표정을 지으며 되물었다. 나와 상우만 여전히 떨고 있었다. 무슨 말이 나올까 너무 궁금했다.

"그런 애 우리 반에 없어."

'없어'라는 마지막 말이 확인 도장처럼 들렸다. 소미는 8반에 없었다. 나와 상우의 예상이 맞았다.

"얼마 전에 전학 온 애라 모르는 거 아니야?"

하지만 윤아는 여전히 인정하지 못했다.

"우리 반에 전학생 없어."

옆을 지나가던 다른 아이가 말했다. 윤아는 잠시 가만히 있었다. 그리고 뒷문을 통해 직접 교실 안을 살펴보았다.

"8반이 아닌가. 혹시 9반을 잘못 들었나."

윤아가 말도 안 되는 주장을 펼쳤다. 분명 8반이라 들었지만, 막상 또 그렇게 말하니 자신이 없었다. 우리는 쉬는 시간마다 우리 반과 8반을 뺀, 1학년 일곱 반을 일일이 찾아다니며 소미의 행방을 물었고, 결과는 나와 상우가 예상한 대로였다. 소미는 8반뿐 아니라 은성고 1학년 전체에 없었다. 우리 학교에 전학 온 게 아니었다. 윤아는 그제야 현실을 받아들였고, 제대로 충격을 받았다. 수업이 끝나고 교실을 나와서도 아무 말을 하지 않았다. 그저 뭔가 골똘히 생각할 뿐이었다.

"맞다!"

교문을 막 벗어났을 때 윤아가 입을 열었다.

"소미 말이야, 꼭 만나고 싶은 사람이 있다고 했지?"

윤아는 소미가 했던 말을 떠올리는 중이었다.

"응, 그랬어. 다른 세계에서 오는 건 절대 쉬운 일이 아닐 거야. 엄청난 대가를 지불해야 할 테고. 그렇다면 소미가 만나고 싶은 사람은 아주 소중한 사람이겠지."

상우가 덧붙였다. 일리가 있었다. 소미가 우리 세계로 건너온 것 자체는 더 이상 놀랍지 않았다. 나도 소미가 만나고 싶은 사람이 누구인지 궁금했다. 다만 우리의 추측으로 답이 나올 문제는 아니었다. 문제를 풀다 보면 이럴 때가 있다. 대부분의 경우 문제를 잡고 깊이 생각하면 답이 보이지만, 문제 자체에 오류가 있거나 자신의 실력을 뛰어넘는 문제는 아무리 오래 잡고 있어 봐도 소용이 없다. 그럴 때는 빨리 접고 자신보다 잘 아는 사람에게 묻거나 정답을 봐야 한다. 그러지 않으면 시간을 낭비한다. 이번이 그런 경우다. 소미를 직접 만나 솔직하게 물어보는 수밖에 없었다.

나는 독서실을 향해 평소보다 두 배는 빠른 걸음으로 걸었다.

상우도 비슷한 속도로 따라왔다. 윤아만 뒤로 처졌다. 독서실이 가까워질수록 윤아의 표정은 굳었고, 급기야 독서실 간판이 보이면서 윤아 얼굴은 창백해지기 시작했다. 금방 쓰러질 것 같았다. 나와 상우가 호기심과 놀라움으로 소미를 궁금해한다면, 윤아는 충격과 배신감의 중간쯤에서 헤매고 있었다. 짧은 기간이지만 윤아는 소미를 좋아했고, 어느 정도 의지했던 것 같다.

평소 같으면 소미가 먼저 도착해 우리를 기다리고 있을 터였다. 소미는 독서실 입구에서 우리 이름을 일일이 부르며 인사하곤 했다. 하지만 건물 앞에 도착했을 때 소미는 보이지 않았다.

우리 셋은 독서실로 올라가는 계단에 나란히 앉았다. 잔뜩 긴장했는데 막상 소미가 없으니 힘이 빠졌다. 바로 독서실에 들어갈 기분이 아니었다. 소미가 올 때까지 밖에서 기다리기로 했다. 소미의 휴대폰은 고장이 났으므로 그 방법 말고는 다른 수가 없었다. 배고픈데 햄버거나 라면 먹고 올까, 편의점에서 뭐 좀 사 올까, 상우가 이런저런 제안을 했지만 나와 윤아는 대답을 하지 않았다. 배가 고프긴 했지만 먹을 기분이 아니었다.

"소미가 오면 제일 먼저 뭐라고 물어보지?"

윤아가 물었다.

"너무 몰아세우지는 말자."

상우가 말했다.

"그래. 말해 줄 때까지 며칠 기다려 볼까?"

나도 상우와 생각이 같았다. 처음엔 만나자마자 바로 따져 물을 생각이었는데 점점 마음이 약해졌다. 어떻게 얘기를 시작해야 할지 난감했다. 정체가 뭐야, 왜 거짓말했어, 어떻게 우리를 속일 수가 있어, 이런 말은 너무 차가웠다. 누구를 만나러 왔어, 무슨 일을 할 거야, 이런 질문은 성급한 것 같았다.

계단 입구로 시원한 바람이 들어왔다. 독서실 계단에 앉은 건 오랜만이었다. 떠들며 올라가기 바빴지, 머문 기억은 별로 없었다. 맞은편 골목에서 검은색 길고양이 한 마리가 나타나 우리를 빤히 쳐다봤다. 그 순간 소미가 고양이로 변신해 우리를 지켜보는 건가 하는 이상한 상상을 했다. 고양이가 사라지자 중학생 정도로 보이는 남자애들 대여섯 명이 우르르 지나갔다. 계단에 쭈그려 앉은 고등학생들에게 관심을 갖는 애들은 없었다. 잠시 뒤 일주일에 세 번인가 네 번쯤 와서 붕어빵을 파는 아저씨의 트럭이 나타났다. 아저씨가 차를 세우고, 여러 장비들을 꺼내며 장사를 준비했다. 소미는 여전히 나타나지 않았다. 우리에게 정체를 들킨 걸 알아 버렸는지, 아니면 그쪽 세계에 사정이 생겨 못 오는 건지 이유는 알 수 없었다. 소미를 좋아하지 않았지만 막상 나타나지 않으니 걱정이 됐고, 심지어 보고 싶었다.

"나는 집에 갈게. 갑자기 너무 피곤하네. 너희도 그만 기다리고 들어가서 공부해."

윤아가 일어났다.

"그래, 윤아야. 가서 쉬어. 소미 오면 연락할게. 소미가 일부러 우리를 속인 건 아닐 거야. 무슨 사정이 있겠지."

윤아 앞이라 그렇게 둘러댄 게 아니었다. 소미 나름의 사정이 있을 것 같았다. 소미가 의도적으로 우리를 속일 이유가 없었고, 우리에게 어떤 해를 끼친 것도 아니었다.

"지금 생각하니까 이상한 점이 많았어. 소미도 휴대폰이 있긴 했어. 그런데 자꾸 고장 났다며 감추더라고. 신발이랑 옷도 우리가 주로 입는 브랜드가 아니라 처음 보는 거였어. 심지어 코로나 팬데믹을 모르더라. 나는 농담하는 줄 알았어. 그런데 소미는 우리 세계와 완전히 다른 세계를 살았던 거야."

윤아가 집으로 간 뒤 상우가 말했다. 나도 소미를 보며 느꼈던 묘한 이질감이 하나씩 떠올랐다. 소미는 붕어빵을 보고도 처음 보는 듯 놀랐다. 비린내가 나지 않냐고 물었다. 내가 좋아하는 버블티도 먹지 못했다. 말캉말캉한 타피오카가 개구리알 같다며 나를 야만인이라고 했다.

독서실 안으로 들어갔다. 문득 내 자리로 가기 전에 소미 자리에 가 보고 싶었다. 어디라고 들어서 알고 있었지만 직접 가 본 적은 없었다. 실장님이 알려 준 번호를 기억해 찾아갔다. 맨 구석인 소미 자리는 깨끗했다. 깨끗해도 너무 깨끗했다. 책이나 노트, 필기구 하나가 없었다. 스터디실은 고정석이라 대부분의 회원들은 책꽂이나 책상에 책과 소지품을 두고 다녔다. 윤아는 책상에 텀

블러, 양치 도구, 각종 화장품까지 진열해 놓고 지냈다. 원래 깔끔한 성격일 수도 있지만, 어쩐지 처음부터 책 같은 건 없었던 느낌이었다.

"뭐야? 아무것도 없네."

언제 따라왔는지 상우가 옆에 있었다. 상우 말은 틀렸다. 아무것도 없는 건 아니었다. 책상 칸막이 구석에 작은 메모지 하나가 붙어 있었다.

꼭 구할 거야. 나를 도와줘.

"무슨 말이야?"

상우 역시 메모를 발견하고 물었다. 무슨 뜻인지 알 수 없었다. 중요한 단서라는 생각은 들었다. 소미는 누군가를 구해야 했다. 그리고 그 일을 하려면 다른 누군가의 도움이 필요했다.

"너희 왜 여기 있어?"

익숙한 목소리에 뒤를 돌아봤다. 너무 놀라 그대로 숨이 멎는 줄 알았다. 소미가 바로 뒤에 못마땅한 표정으로 서 있었다. 자기가 없는 자리에 우리끼리 와 있으니 불쾌할 만했다. 미안하다며 바로 사과했지만 소미는 기분 나쁜 표정으로 우리를 쳐다보았다. 단단히 화난 것 같았다. 소미는 뭔가 할 말이 있으나 참는 눈치였다. 몇 번이나 말을 하려다 말았다. 나 역시 소미에게 물어볼 게 많았지만 입을 열 엄두를 못 냈다. 우리 사이에는 묘한 긴장감이 돌았고, 누구든 먼저 그걸 깨려면 큰 용기가 필요했다. 나는 소미의 강한 눈빛에 살짝 압도당했고, 솔직히 조금 두려웠다. 일단은 물러서고 싶었다. 상우도 나와 같은 마음인지 우물쭈물하며 먼저 눈빛을 피했고, 심지어 고개를 숙였다.

"소미야. 너 왜 신발을 한 짝만 신고 있어?"

돌아서던 상우가 갑자기 엉뚱한 말을 꺼냈다. 상우 말을 듣고 보니 정말 소미는 신발을 한 짝만 신고 있었다.

'세계를 건널 때 신발을 잘 들고 가야 해. 안 그러면 맨발로 다녀야 한다니까.'

엄마에게 들은 말이 생각났다. 그 당시에는 참 쓸데없는 정보를 준다고 생각했는데 아니었다. 엄마 덕분에 굳이 확인해 보지 않고도 소미가 다른 세계에서 왔다는 사실을 조용히 확신했다.

"오는 길이 힘해서 하나를 잃어버렸어."

소미 역시 심각한 상황을 잊었는지 슬쩍 웃었다. 신발 덕분에 어색한 분위기가 누그러졌다. 나와 상우는 다시 한번 미안하다며 사과를 하고 소미 자리를 벗어났다. 내 자리로 돌아와 앉았지만 한참이 지나도 떨리는 마음은 쉽게 진정되지 않았다. 공부할 게 많았지만 책을 펼 정신이 아니었다. 소미가 갑자기 다가와 말을 걸지 않기만을 바랄 뿐이었다.

5

경쾌한 종소리와 함께 카페 문이 열렸다. 낡은 청바지에 가죽 재킷을 입고 머리카락을 보라색으로 물들인 남자가 안으로 들어왔다. 그리고 카페 중앙 테이블에 앉은 엄마에게 다가가 진한 백허그를 하는 것이었다. 민망한 애정 행각은 거기서 멈추지 않았다. 그 남자는 엄마 볼에 진한 뽀뽀를 마구 퍼부었다. 엄마는 밀어내기는커녕 연신 행복하게 웃으며 그 남자의 머리를 쓰다듬었다. 엄마와 그 남자에게 관심을 갖는 사람은 아무도 없었다. 거기 있는 사람 중 오직 나만 당황해서 얼굴이 달아올랐다. 남자는 엄마 앞으로 가서 앉았고, 둘은 다정히 손을 맞잡은 채 눈을 맞추며 소곤소곤 대화를 나누기 시작했다. 평소보다 일찍 출근하는 엄마가 미용실이 아닌 카페에 들어가길래 무슨 까닭일까 궁금했다. 커피를 사거나 누구를 만날 거라 예상은 했지만 이런 만남일 줄은 생각하지 못했다. 파파라치나 흥신소 직원이 되어 누군가의 연애 현장을 잡은 느낌이었다.

엄마는 카페에서 남자와 데이트를 하고 있었다. 다른 세계에서 엄마가 하는 모든 행동은 나의 기대와 예상을 계속해서 빗나갔다. 내 걱정은 기우가 아니었다. 세계를 넘어야겠다는 내 판단은 시기적절했다.

"우리 영, 많이 피곤하죠?"

"괜찮아요, 준."

서로 콧소리가 섞인 대화를 주고받을 땐 견디기 힘들었다. 모태 솔로로서 살짝 역겹기까지 했다.

남자의 차림새는 내가 좋아하는 스타일과 거리가 멀었다. 패션은 촌스럽고 보라색 염색 머리는 과했다. 코와 귀에는 서너 개의 피어싱까지 하고 있었다. 화려하나 전혀 조화롭지 않았다. 남자가 엄마에게 서너 번 윙크를 하더니 갑자기 가방에서 핸드크림을 꺼내 엄마 손에 발라 주었다.

"지난번에 보니까 손이 많이 상했더라고요."

작업 솜씨가 보통이 아니었다. 엄마는 그 사람에게 푹 빠진 듯했다. 바라보는 눈빛에서 꿀이 뚝뚝 떨어졌다. 세상에 오직 둘만 있다고 느끼는 것 같았다. 그런데 볼수록 남자가 친숙했다. 왠지 낯이 익었다. 이전에 이 세계에서 만났거나 스친 적이 있는 건가, 아니면 우리 세계에서 나와 인연이 있는 사람인가, 기억을 되짚

으며 남자를 자세히 관찰했다. 남자가 잔을 들어 커피를 한 모금 마시고 내려놓는 순간 비로소 남자가 누구인지 감이 왔다. 엄마와 남자가 주고받는 야릇한 눈빛을 보면서 거의 확신이 들었다.

"그놈만 아니었어도 네 엄마는 다르게 살았을 거야."

할아버지가 한때 매일 달고 살던 말이다. 갑자기 정신이 또렷해지며 신경이 곤두섰다. 내 인생에 다시없을 중요한 순간이었다. 내가 세계를 넘으며 얻게 될 여러 결과물 가운데 '그놈'은 없었다. 내 평생에 두 번까지는 아니고 딱 한 번 만나고 싶었던 사람을, 전혀 뜻밖의 시간과 공간, 예기치 않은 상황에서 만날 줄은 몰랐다. 엄마 앞에 앉은 남자는, 할아버지가 말한 '그놈'이자 엄마가 말한 '원래 없는 아빠'가 틀림없었다.

우리 집에서 아빠라는 단어는 금기이자 혐오였다. 원래 아빠가 없다는 대답을 들은 이후로 나는 그 단어를 함부로 꺼낼 수조차 없었다. 엄마가 아주 대놓고 금기를 선언한 것이나 다름없었기 때문이다.

"그놈만 아니었어도 네 엄마는 다르게 살았을 거야. 남자 때문에 네 엄마 인생은 망했어."

할아버지는 적의를 드러내는 방식으로 그 존재를 거부했다. '그놈' 때문에 세상에 태어난 나로서는 그때마다 어디론가 숨고 싶었다.

엄마와 할아버지가 '그놈'을 거부하는 방식은 효과적이지 못했다. 금기와 혐오는 내게 반항심만 일으켰다. 그들이 숨기고 미워할수록 나는 아빠라는 존재가 궁금하고 심지어 그리웠다. 그냥 덮고 잊으려 했지만 마음대로 되지 않았다. 굳이 아빠가 있어야 하나 스스로 반문하면서도 결국엔 알고 싶다는 쪽으로 기울었다. 내 시작이 거부되는 건 내 존재 자체가 부정당하는 것과 같았고, 인생 전체가 또렷하지 않은 느낌이었다. 진실이 무엇이든 듣고 싶었다. 아는 순간 실망하거나 감당하기 어렵다 해도 진실을 마주하고 싶었다. 금기란 그저 금기라는 이유로 과도한 가치와 힘을 획득한다. 나는 긴 시간 너무 피곤하게 아빠라는 존재에 집착했다. 엄마와 할아버지가 사실대로 얘기하고 무심히 반응했다면 나는 그 존재를 편하게 흘려보냈을 것이다.

자리에서 일어났다. 기회가 사라질지 몰랐다. 더 이상 지체할 이유가 없었다. 엄마에게 내 모습을 드러내고 엄마의 세계에 들어왔음을 밝힐 때였다. 또한 오랫동안 궁금했던 '그놈'을 가까이서 보고 무슨 말이라도 던지고 싶었다.

"저희 케이크 하나를 추가로 주시고요. 미영은 뭐 필요한 것 있어요?"

내가 다가가자 남자는 나를 점원으로 오해하고 추가 주문을 했다. 엄마는 휴대폰을 보느라 내 얼굴을 보지 못했다.

"주문받으러 온 게 아니라……."

말을 끝내기 전에 엄마가 고개를 들었다. 내 목소리를 알아챈 것이다. 나를 본 엄마의 얼굴에 경련이 일었다.

"희, 희진아."

엄마가 더듬거리며 내 이름을 불렀다.

"엄마, 여기서 뭐 하는 거야?"

우리의 대화를 들은 남자도 화들짝 놀랐고 그제야 내 얼굴을 쳐다봤다.

"너, 어떻게, 여기……."

엄마 말은 정확한 문장이 되지 못하고 툭툭 끊겼다.

"괜찮아요, 미영?"

남자가 옆으로 자리를 옮겨 엄마의 안색을 살폈다.

"너 여기가 어디라고. 겁도 없이!"

엄마는 곧바로 정신을 차렸다. 급기야 다른 사람 따위 신경 쓰지 않고 버럭 소리를 질렀다.

"엄마야말로 뭐 하는 거야? 미용실에서 일하고 카페에서 데이트하는 게 모니터링팀에서 하는 일 맞아?"

"처음 온 게 아니구나. 일단 나가자. 나가서 얘기하자."

엄마가 먼저 일어나 카페를 나가는 바람에 나와 남자도 서둘러 따라 나갔다.

"여기서 물어볼 거 있어."

나가자마자 내가 말했다.

"알았어. 일단 준부터 보내고."

"아니, 이 사람도 들어야 해."

엄마와 남자는 무슨 일인가 의아해했다.

"이 사람이 혹시 내 아빠야?"

말을 하고 보니 '내 아빠'라는 말은 틀렸다. 정확히 말하면 이 세계에 사는 제갈희진의 아빠였다. 서두른 나머지 말이 짧게 나왔다. 엄마와 남자의 얼굴에 당혹감이 가득했다. 둘 다 멍하게 있다가 엄마 먼저 뭔가를 깨달았다는 표정을 지었다.

"아니야. 전혀 아니야. 이 사람은 여기서 새로 만난 친구야. 너와는 아무 상관이 없어. 어떻게 그런 생각을……."

엄마가 펄쩍 뛰며 말했다. 뭔가를 들켜 당황하는 모습은 아니었다.

"안녕하세요. 준이라고 합니다. 만나서 반가워요. 희진 씨 질문 무슨 말인지 알겠지만 저는 그 사람이 아니에요. 오해가 있는 것 같아요."

남자가 확실하게 선을 그었다. 너무 부끄럽고 민망했다. 근처에 텔레비전이 있다면 바로 뛰어들고 싶을 정도였다. 짧은 순간 근거도 없이 확신하고, 무모하게 터뜨려 버리고 말았다. 평소엔 꽤 신중한 편인데 갑작스러운 상황에 마음이 앞섰다. 처음 만난 사람에게 제대로 실수를 한 것이다.

"죄송합니다. 제가 성급했어요."

정식으로 사과했다.

"그래도 우리 전에 만난 적은 있어요."

"네?"

"얼마 전 이 세계에 도착할 때 본 것 같아요. 역에서."

기억이 났다. 그래서 낯이 익었다. 처음 여기 온 날 나에게 다가와 친절을 베풀던, 옷차림이 난해하던 그 사람이었다. 그 사이에 스타일이 바뀌었지만 같은 사람이 맞았다.

"희진아, 미안하지만 오늘은 여기서 헤어져야겠다. 엄마 출근 시간이야."

낯선 곳에서, 그것도 아주 난처한 상황에서 헤어지자는 엄마에게 화가 났다.

"엄마는 일하러 가고, 나는 알아서 집에 가라는 거야?"

"응. 몇 번 와 봤다며. 가는 길도 잘 알 거 아니야? 먼저 가 있어. 일 마치고 갈게."

동네에서 지나가던 친구끼리 우연히 만났다 헤어지는 상황이 아니었다. 다른 세계에서 엄마와 딸이 극적으로 만난 거였다. 아무리 무심한 엄마라도 그렇지, 위험을 무릅쓰고 세계를 넘어온 딸에게 혼자 돌아가라는 건 심했다. 게다가 그 딸은 처음 보는 사람에게 당신이 내 아빠냐는 부끄러운 질문을 하고 상심한 상태였다. 엄마라면, 좋은 엄마가 아니라 그저 엄마이기만 해도, 딸을 위로하고 집까지 함께 가 줘야 하는 거 아닌가. 정말이지 엄마를 이해할 수 없었다.

"여기서 나 혼자 가라고? 엄마는 최악이야."

참으려 했지만 저절로 터져 나왔다. 불만이라기보다는 탄식에 가까웠다.

"넌 뭐든 혼자 잘하잖아."

기가 막혔다. 엄마가 딸을 이렇게 몰라도 되는 건가.

"혼자 잘하긴 뭘 잘해? 엄마가 안 해 주니까 어쩔 수 없이 혼자 하는 거지. 엄마는 아무것도 몰라. 이럴 거면, 이렇게 방치할 거면 나를 왜 낳은 거야? 정말 어떻게 이래? 왜 이렇게 나한테 함부로 하는 거야?"

길거리에 있다는 것도, 보라색 머리 남자가 옆에 있다는 것도 잊고 소리를 질렀다. 어차피 나와 상관없는 거리, 상관없는 사람이었다. 이 순간 나한테 의미 있는 존재는 엄마뿐이었다.

"미안해. 잘못했어. 예약이 많아서, 엄마가 늦으면 다른 사람에게 피해가 가서 그랬어. 가자. 엄마가 데려다줄게."

엄마가 내 반응에 충격을 받은 듯 허둥댔다.

"미영은 미용실에 들어가서 좀 쉬는 게 좋겠어요. 괜찮아지면 그때 천천히 일하세요."

옆에 있던 남자가 엄마를 진정시키며 말을 이었다.

"희진, 제가 역까지 함께 가서 돌아가는 길을 봐 줄게요. 저는 역에서 일해요. 멀티버스 환승역 역장이자 엔지니어예요. 미영은 지금 많이 피곤한 것 같아요."

엄마가 지쳐 보이긴 했다. 밤낮으로 세계를 오가느라 잠이 부족한 상태였고 나 때문에 충격도 받은 것 같았다.
"저 혼자서 갈 수 있어요."
나는 거절했다. 그냥 엄마와 같이 가고 싶어 떼를 쓴 것뿐이었다. 돌아가는 길은 잘 알고 있었다.
"아니에요. 제가 가서 할 일이 있어요."
남자의 태도가 단호해서 거절하기 힘들었다.
엄마를 먼저 보내고 나와 남자는 함께 환승역을 향해 움직였다. 남자는 섣불리 말을 걸지 않았다. 적당한 거리에서 따라오기만 했다. 그나마 다행이었다. 괜히 친한 척 수다를 떨면 어떡하나 걱정했다. 말없이 걸어도 어색하지는 않았다. 큰 실수 때문에 부끄러웠던 마음도 점점 괜찮아졌다.
"미영은 멋진 사람인데, 희진도 그런 것 같아요."
횡단보도에서 신호등 때문에 멈췄을 때 남자가 꺼낸 말이었다. 길거리에서 한바탕 싸운 모녀를 놀리는 건가 생각했다.
"진심입니다."
내 의심을 눈치챘는지 한마디 덧붙였다. 엄마를 정말 좋아하는 모양이었다. 그래서 나까지 멋있게 생각한다면 말릴 재간이 없었다. 무엇보다 남자의 눈에서 진심이 느껴졌다. 외모는 마음에 들지 않았지만 좋은 사람일지도 모른다는 생각이 들었다. 적어도 사기꾼이나 양아치는 아니었다. 엄마를 좋아해서 크게 얻을 것은 없었다.

나는 환승역에 도착하자마자 내가 들어온 MV171 텔레비전 앞에 섰다. 그때 남자가 주머니에서 뭔가를 꺼내 내 손목에 붙여 주었다. 엄마가 자주 붙여 주던 수면 영양 패치와 똑 닮아서 깜짝 놀랐다.

"비상 아이디예요. 혹시 모를 위급 상황에서 지켜 줄 거예요. 얼마 전 여기서 처음 봤을 때 당신 손목에 아이디가 없는 걸 봤어요. 불법 여행자라는 걸 알았지만 모른 척했죠."

"불법 여행자요?"

"네, 멀티버스를 다니려면 정식 아이디를 받아야 해요. 한두 번은 괜찮은데 상습적으로 다니면 안 됩니다. 시스템이 버그나 바이러스로 인식해 공격할 수 있거든요. 불법 침입은 시스템 전체에 부담을 줘요. 아이디 없이 다른 세계에 자주 가거나 오래 머무는 건 위험해요."

엄마에게서 가장 중요한 얘기는 못 들었다. 멀티버스를 여행하는 데 아이디가 필요한 줄은 몰랐다. 하긴 그걸 알았으면 텔레비전 안으로 훌쩍 뛰어들지 못했고, 이런 경험도 못 했을 것이다.

"저도 첫 여행은 아이디 없이 했어요. 처음엔 누구나 그렇죠. 그 비상 아이디는 며칠 지나면 저절로 사라지니까 돌려줄 필요 없어요."

남자가 자세히 설명해 주었고, 나는 텔레비전으로 다가가 귀환

버튼을 눌렀다. 잠시 후 방송 화면이 꺼지고 채널이 열렸다.

"만나서 반가웠어요. 데려다주셔서 감사합니다."

"저도 반가웠어요. 잘 가요."

남자와 짧은 인사를 나누고 헤어졌다. 남자가 '그놈'이 아니라서 실망스러웠으나 시간이 지나며 다행이라는 생각이 들었다. 아무 상관이 없어 아무 상처도 없었다. 그래서 편하게 도움을 받고 반갑게 헤어질 수 있었다.

엄마는 텔레비전 안에서 연애까지 했다. 남자 때문에 망했다는 사람이 다른 세계에 가자마자 새로운 남자를 만난다는 게 웃겼다. 솔직히 한심했다. 엄마와 엄마의 세계를 이해하고 싶지 않았다.

6

시끄러운 소리에 눈을 떴다. 베개 옆에서 휴대폰이 울리고 있었다. 처음 보는 전화번호였다. 받을까 말까 고민하다 통화 버튼을 눌렀다.

"여보세요."

"희진아, 나 소미야."

소미라는 말에 정신이 번쩍 들었다. 똑바로 앉아 시계를 확인했다. 독서실 의무 자습이 끝나는 시간이었다.

"잠깐 볼 수 있어?"

"지금?"

너무 떨렸다. 소미의 정체를 어렴풋이 알았지만 아직 직접 물어보지 못했다.

"다른 애들도 같이 보는 거지?"

혼자서는 자신이 없었다. 친구들과 같이 나가야 편하게 얘기할 수 있을 것 같았다. 소미는 내가 혼자 감당할 수 있는 애가 아니었다.

"아니, 너랑 나랑 둘만. 독서실 근처에 있는 평화 PC방 알지? 그 앞에서 봐."

바로 거절해야 했는데 타이밍을 놓쳤다. 머뭇거리는 사이 소미가 먼저 전화를 끊어 버렸다. 소미가 갑자기 연락할 줄 몰랐다. 그래서 아무 대비를 하지 못했다. 소미가 무슨 말을 할지 궁금하면서도 두려웠다. 어디까지 아는 척해야 하는지도 헷갈렸다. 그렇다고 피하는 것도 이상했다. 엄마는 새벽이 되어야 퇴근할 터였다. 어차피 시간이 있었고, 약속은 이미 정해졌다.

PC방이 있는 건물에 도착했다. 지하 계단으로 내려가기 직전 누군가 뒤에서 내 옷을 훅 잡아당겼다. 깜짝 놀라 뒤를 돌아보니 소미였다.

"야! 말을 하고 잡아야지. 놀랐잖아."

무례한 태도에 기분이 상했다. 소미는 미안하다는 말도 없이 따라오라며 건물 옆 골목 안으로 먼저 들어갔다. 나쁜 친구에게 혼나러 끌려가는 느낌이라 기분이 별로였다.

"너 정체가 뭐야?"

골목에 도착하자마자 소미가 던진 질문이었다. 기가 막혀 말이 안 나왔다. 내 정체야 뻔했다. 나는 눈에 보이는 게 전부인 사람이다. 숨기고 말고 할 것도 없다.

"너도 알잖아. 은성고 1학년 제갈희진."

"너 다른 세계에서 왔지? 설마 나를 신고한 추격자가 너야?"

황당했다. 앞의 말은 내가 소미에게 하고 싶은 말이었고, 뒤의 말은 무슨 뜻인지 알아들을 수도 없었다.

"무슨 뜻이야?"

"속일 생각 하지 마! 네 눈 보면 다 알 수 있으니까."

눈 얘기를 들으니 엄마와 소미의 눈이 바로 떠올랐다. 전부터 그들의 눈이 이상하다고 생각했기 때문이다. 엄마의 눈동자는 언제부턴가 조금씩 흐려졌고, 소미의 눈은 볼 때마다 색깔이 변했다. 둘 다 특이한 컬러 렌즈를 끼나 보다 했다. 요즘 멋 좀 낸다는 사람들 사이에서 컬러 렌즈는 기본이었다.

"넌 다른 세계에서 온 사람의 눈빛을 갖고 있어. 지난번 독서실에서 보고 얼마나 놀랐는지 몰라."

눈과 멀티버스 사이에 연관성이 있었다. 세계를 넘어 다니면 눈동자 색깔이 미세하게 달라지는 것이었다. 세계마다 공기 중 적외선과 자외선의 비율이 달라 그렇다고 했다. 가로등 아래라 또렷하게 보이진 않아도 소미의 눈빛은 윤아나 상우의 눈빛과 확연히 달랐다. 푸른빛이 돌고 반짝거렸다.

"나는 이 세계의 사람이야."

확실하게 밝혔다.

"그런데 눈빛이 왜 그래? 이 세계의 사람과 조금 달라."

"다른 세계에 다녀온 적은 있어. 이유와 방법은 비밀이니까 묻지 마."

"그랬구나. 어쩐지."

"다른 세계에서 온 건 너잖아."

"알고 있었구나."

갑작스러운 말에도 소미는 별로 당황하지 않았다.

"은성고로 전학 왔다고 거짓말했지? 8반에 갔더니 네가 없더라. 8반뿐 아니라 1학년 전체에 너는 없었어."

"맞아."

소미는 순순히 긍정했다. 차라리 후련하다는 표정이었다.

"추격자는 무슨 말이야?"

나를 보고 추격자냐고 물었던 게 생각났다.

"불법으로 세계를 건너는 사람을 찾아서 신고하는 사람이야. 누가 나를 신고했대. 그래서 빨리 복귀해야 해. 너를 의심해서 미안해."

소미의 세계에서는 미성년자에게 멀티버스 이동 아이디를 주지 않는다고 했다. 그래서 다른 사람의 아이디를 빌려 불법으로 들어왔다고 했다. 알고 보니 나와 소미는 같은 신세였다. 불법 이동이 들통나 긴급 호출을 받은 탓에 바로 돌아가야 한다고 했다. 그러지 않으면 나중에 정식 아이디를 발급받을 수 없다는 것이었다. 준이 나에게 빨리 돌아갈 것을 권하고, 비상 아이디까지 빌려준 이유를 알 것 같았다.

"위험을 무릅쓰고 건너온 거네. 왜 그랬어? 정말 누구를 구하려고 온 거야?"

"응."

"누군지 말해 줄 수 있어?"

물러서지 않고 물었다. 소미는 곧 돌아가야 했고, 다음 기회는 없었다.

"윤아!"

대답이 의외였다. 우리와 연관이 있을 거라 생각했지만, 그럼에도 윤아는 예상 답안이 아니었다. 윤아는 언제나 도움을 주는 아이였지, 누군가의 도움을 받는 아이가 아니었기 때문이다. 내가 아는 가장 씩씩하고 행복한, 누구보다 제 맘대로 사는 아이였다. 그래서 나나 상우가 윤아에게 기댈 때가 많았다.

"내가 한 말이 다 거짓말은 아니야. 나는 우리 세계에서 은성고에 다니고 있거든. 알파독서실 고정 회원이기도 하고."

"정말?"

"응. 초등학생 때는 제법 똑똑하다는 소리를 들었지만 지금은 아주 평범한 고등학생이야. 윤아랑은 같은 초등학교 졸업하고 중학교 때부터 친해져 쭉 절친이었어."

다른 세계의 소미와 윤아 이야기가 흥미로웠다.

"그런데 얼마 전에 윤아를 잃었어."

"아…… 말도 안 돼!"

이어진 말은 충격적이었다. 너무 놀라 비명을 지른 뒤 손으로 얼굴을 감쌌다.

"정말 말도 안 되는 일이지."

소미는 그때 일이 떠오르는지 가쁜 숨을 몰아쉬었다. 그리고 울음을 참기 위해 안간힘을 썼다.

"괜찮아?"

소미가 진정할 때까지 기다렸다가 조심스럽게 물었다.

"괜찮지 않았어. 자책하며 오래 방황했어. 그래서 윤아를 다시 보려고 온 거야."

소미가 윤아를 보며 걸핏하면 눈물을 글썽인 것과 윤아의 건강에 유독 예민했던 일이 다 이해되었다.

"희진아, 가기 전에 부탁할 게 있어."

"뭔데? 말해 봐."

"내가 가면 네가 윤아를 구해야 해. 내가 볼 때 이 세계의 윤아도 건강하지 않아."

나는 그럴 리 없다고 했지만, 소미는 끝까지 윤아가 위험하다고 했다. 우울증은 겉으로 봐서는 모른다는 것이었다. 밝아 보여도 우울증일 수 있고, 반대로 우울해 보여도 실제로는 아닐 수 있다고 했다.

"손목에 있는 흉터 말이야, 전에도 말했지만 아토피 피부염 때문에 긁은 상처가 아니야. 허벅지나 겨드랑이 같은 곳에도 같은 흉터가 있을 거야. 자해 흔적이야. 샤프나 볼펜, 칼 따위로 찍은 상처로 보여. 나처럼 후회하지 말고 윤아를 지켜 줘."

여전히 소미가 틀렸다는 생각이었다. 우리 세계의 윤아와 다른 세계의 윤아는 엄연히 다른 사람이고, 소미의 확신은 과도한 일반화의 오류로 느껴졌다.

"내가 예민할 수도 있어. 친구를 잃는 큰일을 겪었으니까. 그래도 방심하지 말고 윤아를 지켜봐 줘. 너는 나보다 똑똑하고, 상우는 나보다 섬세하니까 할 수 있을 거야."

"알았어."

일단은 그러겠다고 했다. 떠나는 소미를 안심시키고 싶었다.

"다른 세계에 가 본 적 있다고 했지?"

소미가 물었다. 깜짝 놀라 가만히 있었다. 괜히 기밀을 발설할 순 없었다.

"항상 조심해. 불법이라면 더욱. 추격자가 불법 여행자를 신고하는 일도 있고, 가끔이긴 하지만 불법 이동 때문에 사고가 일어나기도 한대. 나는 이제 가 봐야겠다. 시간이 없어."

"어디로 가는데?"

"궁금하면 따라오든가."

궁금했다. 다른 사람은 어떤 방식으로 세계를 오가는지 궁금했다. 골목을 벗어난 소미는 건물 안으로 들어갔고, 곧바로 지하로 내려갔다. 그리고 상우가 자주 다니는, 나와 윤아도 가 본 적 있는 평화 PC방으로 들어갔다. 입구에 있는 직원과 많은 손님 중 누구도 우리를 신경 쓰지 않았다.

"여기야!"

소미가 복도 끝 구석 자리에 앉아 컴퓨터를 가리켰다. 소미의 멀티버스 단말기는 컴퓨터였다. 평범해 보이는 컴퓨터에 놀라운 기능이 숨겨져 있었다.

소미는 윤아를 잃고 독서실 대신 PC방에 다녔다. 그러던 어느 날 PC방 구석 컴퓨터에서 사람이 나오는 모습을 목격했다. 그 사람은 여러 세계를 이동하며 사는 다중 거주자였는데, 놀라는 소미에게 멀티버스의 비밀을 알려 주었다. 소미는 다른 세계에 가서라도 윤아를 보고 싶었고, 할 수만 있다면 다른 세계의 윤아를 살리고 싶었다. 그래서 다중 거주자에게 부탁해 아이디를 임시로 빌렸고, 우리 세계로 넘어왔다. 우리 집 텔레비전이 다른 세계의 대리점과 연결되어 있듯, 소미 동네 PC방의 컴퓨터 한 대가 우리 세계 PC방과 이어져 있었다.

"비밀이니까 너만 알고 있어."

소미가 검지를 입에 댔고 나는 그러겠다고 했다. 걱정하지 말라고, 특급 비밀 지키는 건 전문이라고 덧붙였다.

소미가 컴퓨터 화면에서 '버스'라는 이름의 앱을 더블 클릭했다. 그러자 프로그램이 활성화되기 시작했다. 자리 사이의 칸막이가 높아 다른 자리에서는 우리의 움직임을 볼 수 없었다.

"희진아! 내 부탁에 너무 부담은 갖지 마. 혹시 윤아를 구하지 못하더라도 절대 자책하지 말고. 어떤 일은 우리가 노력해도 막을 수 없고, 그냥 일어난대. 네가 할 수 있는 일만 해. 나는 윤아 얼굴을 다시 본 것만으로도 감사해. 그리고 너를 알게 되어 좋았어. 윤아와 상우는 내가 살던 세계에서 알던 사이지만 너는 그야말로 처음이었거든."

"난 왜 처음이야?"

"너는 우리 세계에 없어."

"뭐라고?"

"우리 세계에 너는 없다고. 윤아도 있고, 상우도 있고, 알파독서실 실장님도 있는데, 너는 여기서 처음 만났어. 첫날 내가 너를 자세히 본 건 신기해서였어."

"그럴 수도 있어?"

"그럼. 어떤 사람은 여러 세계에 존재하지만, 어떤 사람은 그렇지 않아. 세계는 여러 확률로 나누어지는 거니까. 아마 너는 낮은 확률로 태어났을 거야. 그만큼 희소성이 있다고 해야 하나."

더 물어보고 싶었는데, 컴퓨터 화면에 로그인 창이 떴다. 소미가 아이디와 비밀번호를 입력하자 화면이 바뀌며 채널 입구가 열리기 시작했다.

"빨리 들어오라는 알람이 아까부터 울려. 그만 가야겠다. 그래야 나중에 정식으로 올 수 있어. 우리 다음에 또 만나자."

소미가 뛰어들려고 할 때였다. 슬리퍼가 발 양쪽에 허술하게 걸려 있었다. 엄마가 알려 준 팁을 전해 줘야 할 것 같았다.

"이거 선물이야."

메고 온 에코백을 소미에게 내밀었다.

"선물?"

"먼 길 온 친구에게 이 정도 선물은 해야지. 가는 길이 거친데 신발을 이렇게 허술하게 신고 가면 어떡해. 지난번처럼 잃어버리지 않으려면 여기에 담아서 들고 가."

소미가 슬리퍼를 벗어 가방에 넣었다.

"고마워. 진짜로 안녕."

"안녕!"

짧은 인사를 나눈 소미는 컴퓨터 안으로 들어갔고 나는 자리에 앉아서 소미가 사라지는 모습을 지켜봤다. 누군가 사라진 텅 빈 화면에는 여전히 적응이 되지 않았다. 사람이 눈앞에서 사라지는 건 언제나 허전하고 무서웠다. 소미가 사라진 화면을 응시하며 한참을 앉아 있었다. 바로 일어날 수 없었다.

소미가 들어간 채널이 완전히 닫히고 컴퓨터 바탕화면이 원래대로 돌아왔다. PC방은 게임 프로그램에서 나는 기계음과 사람들이 게임을 하며 주고받는 대화 소리로 시끄러웠다. 컴퓨터 화면이 이상하게 바뀌고 다른 세계에서 낯선 사람이 드나들어도 눈치챌 수 없는 환경이었다. PC방은 전자 제품 대리점만큼이나 멀티버스 환승역으로 완벽했다.

주변을 정리하고 자리에서 일어나려는 순간이었다. 바로 옆자리에서 낯익은 얼굴 하나가 불쑥 튀어나왔다. 너무 놀라 중심을 잃는 바람에 하마터면 의자에서 떨어질 뻔했다. 아무도 나와 소미에게 관심을 두지 않은 건 아니었다. PC방에 있는 많은 사람 중 딱 한 사람이 우리 목소리를 알아들었고, 엄청난 비밀을 목격하고 말았다.

"제갈희진! 내가 본 게 다 뭐야? 이게 무슨 일이야?"

상우였다. 독서실에서 퇴실하자마자 PC방으로 건너와 게임을 하던 중이었다.

"어떻게 사람이 컴퓨터로 들어가?"

상우의 얼굴은 사색이 되어 있었다. 상우는 소기가 컴퓨터 안으로 들어가고 사라지는 걸 다 봤다고 했다. 순식간에 일어난 일이라 끼어들 틈이 없었고, 너무 놀라서 기절하듯 쓰러져 있었던 모양이다. 상우의 심정이 백번 이해가 갔다.

"그러니까 소미는 컴퓨터를 타고 다른 세계에서 우리 세계로 온 거지? 윤아를 살리러. 맞아?"

"정확해!"

상우가 내 자리로 건너왔다. 손으로 컴퓨터 화면을 만지다가 돌아가서 옆면과 뒷면도 살펴보았다. 얼마 전 텔레비전 앞에서 내가 하던 행동과 똑같았다.

"넌 왜 놀라지 않아?"

상우는 내 평정심에 더 놀란 듯했다. 직접 텔레비전에 들어가 봤는데, 컴퓨터에 사람이 들어가는 모습을 보는 것쯤이야. 컴퓨터 화면에서 다른 세계가 열리는 것은 얼마든지 가능한 일이었다. 새 텔레비전과 컴퓨터에 그런 기능 정도는 있어야 하는 것 아닌가.

내가 놀란 건 소미가 그 세계에서 윤아를 잃었다는 것과 우리 세계의 윤아 역시 건강하지 않으며 우울증과 자해를 감추고 있을 거라는 소미의 추측이었다. 그리고 또 하나 새롭게 알게 된 건 소미가 사는 세계에 내가 존재하지 않는다는 사실이었다. 나는 낮은 확률로 태어난 사람, 희소성 있는 사람이었다. 그게 어떤 의미인지 생각했다. 그래서 나는 평범하기 어려웠을까. 그래서 다른 사람 틈에 자연스럽게 섞이지 못하고 쉽게 드러났을까.

7

 밤 12시가 막 지난 시간이었다. 텔레비전이 흔들리더니 엄마가 도착했다. 새벽에나 올 줄 알았는데 생각보다 이른 퇴근이었다. 일이 빨리 끝났거나, 나를 혼자 보내고 마음이 불편했거나. 둘 중 하나가 이유일 텐데, 아무래도 전자일 가능성이 높았다. 엄마는 내가 혼자 있다고 안쓰러워하거나 마음을 쓰는 사람이 아니니까.
 엄마가 내 옆에 앉았다. 조금 전까지 함께 있었다는 사실이 믿어지지 않았다. 그사이 길고 긴 시간이 흐른 느낌이었다. 할 말이 많았지만 막상 무슨 말부터 꺼내야 할지 막막했다. 엄마와 나는 오래전부터 속 깊은 이야기를 피했다. 서로 너무 달랐고, 함부로 건드릴 수 없는 각자의 공간이 있다는 걸 알았기 때문이다. 한번 터지면 끝까지 갈까 봐 조심했다. 상대를 존중했다기보다는, 모른 척한 것에 가까웠다. 내 상처만으로도 벅차서 상대의 상처까지 안고 싶지 않았다 한 공간에 살며 매일 만나고 밥도 같이 먹었지만, 그간 우리가 나눈 대화는 가볍고 형식적이었다.

"텔레비전엔 관심 갖지 말라고 했는데 왜 그랬어? 불법으로 들어오는 건 생각보다 위험해."

엄마가 먼저 입을 열었다.

"엄마 닮아서 그렇지 뭐. 엄마도 할아버지 말 안 듣잖아."

뾰족한 말이 불쑥 튀어나왔다.

"그래, 너도 딸은 딸인가 보네."

"그럼 내가 딸이지, 엄마인 줄 알았어?"

"말장난하지 말고."

"엄마가 떠나고 나면 항상 낚시 채널이 켜져 있었어. 한 채널에만 집중적으로 들어가는 게 이상했어."

엄마가 아무런 대꾸를 하지 않고 가만히 들었다.

"어느 날부턴가 엄마한테서 화학 약품 냄새가 나는 거야. 손까지 검게 물들어 가더라. 엄마가 위험한 일을 하는 건 아닌지 걱정됐어. 아무리 물어도 기밀이라고만 했잖아. 엄마를 구해야 한다는 생각에 무작정 들어간 거야. 그런데 엄마는…… 평화롭게 꽃을 사고, 다른 사람의 머리카락을 염색하고, 낯선 사람과 연애를 하고 있었어. 엄마가 위험한 상황에 빠지지 않은 건 다행이었어. 그런데 묘하게 기분이 나쁘더라. 배신감이 들었어. 나 몰래 이중생활을 하는 것 같았거든."

나는 차분하게 이유를 설명했다.

"몇 번 들어온 거야?"

"서너 번."

"회사 일은 열심히 하고 있어. 누구보다 많은 채널을 발견하고, 탐색 보고서도 성실히 쓰고 있다고. 미래전자는 엄마의 업무 외 시간은 간섭하지 않아. 일을 끝내고 남는 시간에 그 세계에서 평범하게 살고 있을 뿐이야. 우연히 좋은 기회가 주어졌거든."

"어떤 기회?"

"그 세계에 처음 도착한 날이었어. 환승역에서 운명처럼 또 다른 나를 만난 거야. 반가운 마음에 어떻게 지냈는지 물었지. 우리는 얘기를 끝내자마자 부둥켜안고 한참을 울었어. 누구에게도 받을 수 없는 위로를 주고받았거든. 그런데 그 세계의 내가 다른 세계로 곧 이주할 거라는 거야. 내가 원하면 자신의 자리로 이동해 살라고 했어. 작은 미용실을 운영하고 있다면서 말이야. 그날부터 엄마는 여기와 거기, 두 세계를 오가며 살고 있어. 여기서는 네 엄마이자 미래전자 직원으로, 거기서는 영 헤어숍 원장으로."

"말도 안 돼! 어떻게 한 사람이 두 세계를 살아?"

"말이 되더라고. 그렇게 사는 사람이 생각보다 많아. MV171 세계는 멀티버스에 대해 우리보다 훨씬 더 개방적이야. 모든 사람이 그런 건 아니지만. 어떤 사람들은 다른 세계를 찾아 직접 다니고 있어. 다른 세계로 사는 곳을 옮기는 완전 이주자, 여러 세계를 함께 사는 다중 거주자, 자유롭게 이곳저곳을 돌아다니는 여행자 등이 있어. 나는 다중 거주자인 셈이야. 미용실 직원들은 내가 다른 세계에서 온 미영이라는 사실을 알고 손님들이 눈치채지 않게 도와줘."

"잠도 못 자고 두 세계를 오가며 산다고?"

"적응하는 중이라 바빠서 그래. 앞으론 쉴 시간도 생길 거야. 희진아, 엄마를 이해해 줘. 피곤하기는 해도 어느 때보다 행복해."

하지만 이해하기 힘들었다. 두 세계를 산다는 건 도피이자 핑계 같았다. 그저 한순간의 호기심일 수 있었다.

"미용 일을 배운 것도 아니잖아. 오랜 꿈도 아니고. 헤어 디자이너가 되고 싶다는 말은 한 적도 없어. 자리가 있다고 덥석 잡으면 어떡해. 그건 무책임한 거야. 새로운 일을 하고 싶으면 여기서 해. 엄마한테 맞는 일을 천천히 찾아. 뒤늦게 미용 일에 관심이 생겼다면 이곳에서 시작해도 늦지 않아. 굳이 거기까지 가서 할 필요가 없잖아."

"급하게 결정한 건 인정해. 하지만 선택한 순간부터 열심히 배우고 있어. 솔직히 그 세계의 내가 미용실이 아니라 식당을 했더라도 엄마는 했을 거야. 일상생활과 관련된 직업을 가져 보고 싶었으니까. 멀티버스 탐색가는 매력 있는 일이지만, 채널을 찾고 다른 세계를 구경만 한다는 점에서 텔레비전 보는 것과 닮았어. 그건 좀 외로운 일이야. 엄마는 직접 사람들 속에 뛰어들어서, 사는 것처럼 살고 싶었어."

"그렇다면 여기서 해. 꼭 거기일 필요는 없잖아."

"여기서도 노력했어. 시도하지 않은 게 아니야. 하지만 번번이 실패하고 거절당했어. 한번 정해진 궤도에서 이탈한 사람이 뭔가를 시작하는 건 쉬운 일이 아니더라. 우리 세계는 그런 사람에게 너무 가혹해. 그 세계는 그렇지 않아. 엄마처럼 아무것도 아닌 사람도 환영해 줘. 온 세계가 나를 안아 주는 느낌이야. 거기선 아무것도 안 하고 그저 걷기만 해도 자유로워 눈물이 날 때가 있어."

거리를 걷던 엄마 모습이 떠올랐다. 정말 엄마는 날아다니는 것 같았다. 뒷모습만 봐서는 우는지 확인할 수 없었지만 자유로워 보였다. 조건 없이 환영받는 사람이었다. 딱히 반박할 만한 말이 생각나지 않았다.

"카페에서 준에게 왜 그런 말을 했어? 설마 아직도 아빠라는 사람이 궁금한 거야? 어릴 때 이후로 물어본 적 없잖아."

엄마는 이해할 수 없다는 표정으로 나를 봤다. 어쩌면 그렇게 눈치가 없을까.

"엄마가 입을 막았으니까 그렇지. 아빠가 누군지, 내가 어떻게 태어났는지 궁금한 건 당연한 거야."

"모두에게 아빠가 있어야 하는 건 아니잖아. 세상엔 아빠가 없는 사람도 있고, 엄마가 없는 사람도 있어. 때로 엄마가 둘인 사람도 있고. 좀 유연하게 생각하면 안 되니?"

"엄마는 유연해서 좋겠다. 유연해서 딸 마음엔 관심조차 없는 거야?"

"제갈희진! 자꾸 그런 식으로 말할래?"

"엄마가 솔직히 말해 줬으면 유연해졌을 거야. 모른 척하고 감춰서 그럴 수가 없었어. 다음 단계로 갈 수 없었다고!"

안 그래도 착각을 해서 부끄럽고 실망스럽고 자존심 상하는데, 나를 꽉 막힌 사람 취급하니 참을 수가 없었다.

"일단 오늘은 여기까지 하고 들어가서 자. 내일 학교도 가야지. 나중에 천천히 얘기하자."

괜찮은 생각이었다. 학교에 가려면 자야 했고, 엄마도 잠을 못 자서인지 무척 초췌하고 기운이 없어 보였다. 갑자기 쓰러질까 걱정될 정도였다. 나는 일어났다. 그리고 간단히 씻고 방으로 들어갔다. 자려고 침대에 누웠다. 한꺼번에 너무 여러 일이 일어나서 정신이 없었다. 피곤한데도 쉽게 잠이 들지 않았다. 한참 뒤척이다가 결국 수면 영양 패치를 꺼내러 자리에서 일어났다. 그런데 바닥에서 진동이 느껴지기 시작했다. 거실에서 한숨 자겠다던 엄마가 다시 텔레비전 안으로 들어가기 위해 채널을 열고 있었다. 엄마는 또 나를 속였다. 두 세계를 산다고 하지만 실제로는 그 세계에 빠져 있었다. 엄마가 좋아하는 세계가 너무 싫었다. 많은 세계를 돌아다니는 건 괜찮아도 어느 한 세계에 머무르며 사는 건 반대였다. 그건 나와 우리 세계에 대한 배신이었다. 언젠가 그 세계가 나에게서 엄마를 뺏어 갈 것 같았다.

거실로 나갔다. 엄마는 없고 활성화된 채널만 요란하게 돌아가고 있었다. 엄마가 언젠가 털어놓았다. 고등학교 들어가자마자 나쁜 친구들과 어울리기 시작했고, 급기야 집까지 나가 버렸다고. 더 일찍 알아차리고 돌아왔어야 했는데, 할아버지한테 반항하고 싶어 제정신이 아니었다고 후회했다. 엄마는 그 시절로 다시 돌아간 것 같았다. 제정신이 아니었다. 나에게 자라고 해 놓고 그사이에 다시 세계를 넘어간 것이다. 나도 잘 수 없었다. 한밤중에 집 나간 엄마를 두고 한가롭게 잠을 잘 딸은 없다. 누워 봤자 잠이 올 리도 없다. 불법이어도 어쩔 수 없었다. 살다 보면 법을 어겨야 할 피치 못할 사정이 있다. 그 남자에게 받은 비상 아이디가 있어 완전 불법은 아니었다. 엄마를 모른 척 방관할 수 없다. 늦기 전에 엄마를 붙잡아 우리 세계로 데려올 것이다. 지금이 아니면 엄마를 영영 놓칠 것 같았다.

채널이 닫히기 직전이었다. 나는 다시 텔레비전 안으로 뛰어들었다.

8

삐익. 삐익. 삑. 삐이익.

요란한 알람 소리였다. 환승역에 도착하자마자 분위기가 심상치 않다고 느꼈다. 여러 차례 들어왔지만, 어수선하고 시끄러운 환승역의 모습은 처음이었다. 벽에 걸린 텔레비전 화면이 점멸등처럼 꺼졌다 켜졌다를 반복했다. 알람 소리는 점점 커져 귀가 먹먹할 정도였다. 유니폼을 입은 직원들이 다급하게 뛰어다니며 사람들을 살피고, 출입구 쪽으로 대피시켰다. 누가 봐도 위급 상황이었다. 하지만 내가 나서거나 도울 처지는 아니었다. 비상 아이디를 지니고 있었지만, 여전히 불법 여행자 신분이었다. 내 할 일만 마치고 서둘러 돌아가는 게 최선이었다. 나는 잠시 숨어 있다가 직원들이 보이지 않는 틈을 타 재빨리 대리점을 빠져나왔다. 삐익. 삐익. 삐이익. 알람 소리는 밖에서도 들릴 정도였다. 거리를 지나가던 사람들이 대리점 주위에 멈춰 서서 걱정스러운 표정으로 수군거렸다.

엄마는 보이지 않았다. 횡단보도에도, 반대편 인도에도 없었다. 역에서 머뭇거리느라 엄마를 놓친 모양이었다. 하지만 괜찮았다. 미용실 가는 길은 훤히 알고 있었다. 빠른 걸음으로 도로를 건너 골목으로 달렸다.

미용실 앞에서 잠시 숨을 골랐다. 엄마를 만나면 왜 거짓말을 했냐고 화를 낼지, 제발 집으로 가자고 부탁할지 생각했다. 어느 쪽이 나은지 바로 판단이 서지 않았다. 일단 들어가서 엄마 얼굴을 보고 생각나는 대로 말하는 수밖에 없었다. 문을 열고 들어가 처음 보는 직원에게 제갈미영 씨를 찾아왔다고 말했다.

"원장님 지금 안 계십니다."

뜻밖의 답변이었다. 외출한다고 나가서 아직 돌아오지 않았다고 했다.

"오신다는 시간이 지나서 저희도 기다리고 있어요."

엄마는 나보다 앞서 텔레비전 안으로 뛰어들었다. 게다가 나는 역에서 한참 지체했다. 내 걸음이 엄마를 앞지를 만큼 빠를 리도 없다. 우선 미용실을 나왔다. 무작정 엄마를 기다릴 순 없었다. 카페에 가 보려다 역으로 발길을 돌렸다. 다시 거기로 가야 엄마 소식을 들을 것 같았다. 어수선한 환승역의 모습이 떠오르며 불길한 예감이 들었다. 나는 환승역으로 정신없이 뛰어갔다.

환승역은 조금 전보다 훨씬 긴박한 상황이었다. 알람 소리는 더 커졌고, 텔레비전의 점멸 간격은 더 빨라졌다. 그때 긴장한 얼굴로 돌아다니는 직원들 속에서 준을 발견했다. 이 세계에서 엄마 말고 내가 아는 유일한 사람이었다. 엄마의 행방을 물어야 했다. 불법 여행자 신분으로 다시 왔지만 어쩔 수 없었다.

"엄마가 저보다 먼저 왔는데 미용실에 도착하지 않았대요. 엄마를 보셨어요? 혹시 역에 있나요?"

준은 나를 보고 흠칫 놀라기만 할 뿐 바로 답하지 않았다.

"잠깐 사무실로 와요."

준이 복도 옆 작은 사무실로 안내했다.

"놀라지 말고 들어요."

그 말을 듣는 순간 내 불길한 예감대로 뭔가 놀랄 일이 일어났음을 인지했다.

"멀티버스 시스템에서 사고가 났어요."

위급 상황은 다름 아닌 사고였다. 교통사고보다 확률이 낮다는, 엄마가 들어만 보고 직접 본 적은 없다는 그 사고가 마침내 일어난 것이었다.

"설마 엄마한테 사고가 난 건가요?"

아니기를 바라지만 물어야 했다. 준이 고개를 끄덕였다.

"모든 방법을 동원해서 미영의 위치를 찾고 있어요. 세계와 세계 사이 틈 속에 갇힌 것 같아요."

세계 사이에 이동자가 갇히는 사고였다. 아주 가끔 일어난다는 사고가 하필이면 엄마에게 일어난 거였다. 갑자기 온몸에서 한기가 느껴지며 추워졌다. 몸이 저절로 부들부들 떨렸다.

"괜찮아요? 여기 앉아요."

준이 의자를 가져다주며 앉으라고 했다.

"구조될 수 있는 거죠?"

"최선을 다하고 있어요."

준은 엄마만큼이나 솔직했다. 그래서 둘이 잘 맞았나 보다. 구조될 거라고, 다 괜찮을 거라고 하지 않았다. 최선을 다할 거라고만 했다. 야속하고 매정했다.

"어떻게 이런 일이, 하필이면 엄마에게 일어난 거죠? 바로 뒤따라온 나는 괜찮은데."

"사고는 원래 그런 거니까요. 진정될 때까지 여기에 있어요. 저는 할 일이 있어 빨리 나가야 해요."

준은 나를 사무실에 남겨 두고 급하게 나갔다.

내 방에 자러 들어가지 말아야 했다. 끝까지 엄마와 싸워야 했다. 더 빨리 방에서 나와 엄마를 붙들어야 했는데 한발 늦었다. 아니 진작에 일을 그만두라고 매달려야 했다. 부작용과 사고 가능성이 있어 동의서를 썼다고 했을 때 알아차려야 했는데 똑똑하지 못했다. 애초에 너무 위험한 일이었다. 그래서 엄마에게 찾아온 건데, 엄마는 바보처럼 덥석 물었고 나 또한 취직이라는 말에 혹해서 섣불리 축하하고 환호했다. 과도한 호의는 사기일 수 있는데, 막상 눈앞에서 일어나자 은혜로 보였다. 결국 엄마에게 사고가 일어났다. 텔레비전을 오가는 엄마가 내내 불안해 보인 이유가 바로 이것 때문이었을까. 바로 눈앞에서 엄마를 놓쳤고, 찰나 차이로 엄마와 나는 다른 곳에 있었다.

준이 나가자마자 소리 내어 울었다. 엄마를 많이 미워했다. 엄마는 나에게 뭔가를 더해 주는 사람이 아니라 빼앗아 가는 사람이었다. 밖으로 뻗어 가려는 나를 안으로 끌어당기는 존재였고 끊임없이 발목을 잡고 침잠시키는 늪이었다. 어두운 거실에 앉아 꼼짝하지 않는 엄마의 모습이 나에게 전이될까 무서웠다. 그래서 때때로 엄마를 벗어나고 싶었다. 하지만 엄마가 없어진 순간 내가 틀렸음을 깨달았다. 나는 사실 엄마에게 의지했고 엄마 때문에 살았다. 나에게는 아무 데도 가지 않고 거실에 머무는 엄마가 필요했다. 엄마는 흔들리는 나를 잡아 주는 든든한 닻이었던 거다. 엄마를 잃는다는 건 상상하기도 싫었다. 눈물과 콧물로 얼굴이 엉망이 되었지만 울음을 그칠 수 없었다.

그때였다. 바로 곁에서 인기척이 느껴지더니 누군가 내 등을 두드렸다. 그리고 휴지 한 장이 눈앞에 나타났다. 깜짝 놀라 고개를 들었다. 어떤 존재가 환한 얼굴로 나를 바라보고 있었다. 그 순간 천사가 나타나 나를 위로하는 줄 알았다. 형광등이 뒤에서 환하게 비추고 있어, 얼굴은 잘 보이지 않았다. 자리에서 일어났다. 하지만 누구인지 확인하고 나서 그대로 주저앉았다.

"엄마?"

엄마였다. 사고를 당했다는 엄마가 내 앞에 바로 나타난 것이었다. 교회 학교 다닐 때 성경에서 제자들이 부활한 예수님을 보고 놀라는 장면을 읽은 적이 있다. 엄마가 죽었다가 부활해 다시 나타난 것 같았다. 너무 반가워 엄마를 덥석 안았다.

"엄마!"

그런데 엄마를 안자마자 낯선 기운이 느껴졌다. 얼른 손을 떼고 뒤로 물러났다.

엄마가 아니었다. 똑같이 생겼지만 아니었다. 딸이라면 알 수 있었다. 딸이 아니라면 누구도, 심지어 할아버지조차 속을 정도로 감쪽같았다. 과학관에서 다른 소미를 만난 것처럼 환승역 사무실에서 다른 엄마를 만난 것이었다. 너무 엄마 같아서 한참을 멍하니 바라봤다.

"죄송해요. 많이 놀랐죠? 문을 두드렸는데 우느라 소리를 못 들었나 봐요."

다른 엄마가 미안해했다.

"아니에요. 죄송합니다. 엄마와 닮아 착각을 했어요."

나도 사과했다. 그리고 다른 엄마가 건네준 휴지로 눈물범벅이 된 얼굴을 닦았다.

"제갈희진 씨죠?"

"네."

"준에게 희진 씨가 와 있다는 얘기를 듣고 잠깐 들렀어요. 저는 이 세계에 살던 제갈미영이에요. 사고 소식을 듣고 도움을 주려고 왔어요."

엄마에게 들은 적이 있다. 다른 엄마는 또 다른 세계로 떠나며 자신의 자리를 엄마에게 넘겨주었다고 했다.

"많은 사람들이 미영을 찾고 있어요. 곧 좋은 소식이 있을 거예요. 여기 전문가들은 모두 헌신적인 실력자거든요. 믿어도 좋아요."

다른 엄마는 준과 달리 희망적인 말을 해 주었다.

"고맙습니다."

"이주하기 전날 운명처럼 미영을 만났어요. 내 자리로 완전히 이주할 것을 제안했는데, 미영은 다중 거주를 선택하더군요. 이유를 물었더니 딸이 있다고 했어요. 깜짝 놀랐어요. 희진 씨를 보니 미영의 선택이 이해가 가네요."

다른 엄마가 다정한 눈빛으로 나를 봤다. 외모와 목소리뿐 아니라 웃는 것도 엄마와 똑같았다.

"준 대신 부탁을 전하러 왔어요. 힘들겠지만 집에 돌아가서 기다리면 좋겠어요."

"여기서 기다리고 싶어요. 엄마 없이 혼자 돌아가지 않을 거예요."

확고하게 내 뜻을 전했다. 이번에야말로 절대 혼자서 돌아가고 싶지 않았다.

"희진 씨 마음은 이해하지만, 사고 상황에서는 모두가 원래의 세계로 돌아가는 것이 구조에 유리해요. 특히 불법 여행자는 시스템과 다른 여행자에게 부담을 주거든요. 엄마는 여기 구조팀이 최선을 다해 구할 거예요. 돌아가서 희진 씨가 해야 할 일을 하며 기다리세요. 많은 경우 우린 스스로 구원할 수 없어요. 다른 사람의 도움에 빚지며 살아가야 하죠."

무조건 버틸 생각이었지만 엄마의 구조에 불리하다니 다른 수가 없었다.

"미영은 멋지고 강한 사람이에요. 아무나 할 수 없는 선택을 한 사람이고, 그 선택에 책임을 지기 위해 노력하는 사람이죠. 엄마를 자랑스러워하고, 자신을 더 사랑하기를 바랄게요. 미영과 희진 씨는 그럴 자격이 있어요. 만나서 반가웠어요."

다른 엄마가 그렇게 말하고 돌아섰다. 어쩐지 이대로 헤어져선 안 될 것 같았다.

"잠깐만요!"

다른 엄마가 발걸음을 멈추었다.

"당신도 우리 엄마만큼 매 순간 최선의 선택을 했을 거예요. 저는 당신의 선택을 존중해요. 새로운 세계에서 더 행복했으면 좋겠어요. 만나서 기뻤어요."

말하는 동안 조금 떨렸다. 갑자기 왜 그런 말이 나왔는지 모르지만, 꼭 해야 할 말을 한 기분이었다. 나는 다른 엄마에게 정중하게 인사했고, 다른 엄마도 환하게 웃으며 그렇게 했다. 우리는 각자 다른 세계에 속해 있어 만날 수 없는 사람이었지만, 엄마 덕분에 환승역에서 만나 잠시 마음을 나누는 행운을 누렸다. 엄마가 무사히 돌아올 거라는 확신이 든 것도 바로 그 행운의 순간이었다.

3부

귀환

1

 엄마가 없는 동안 나를 위로한 건 텔레비전이었다. 집에 돌아오자마자 소파에 앉아 텔레비전을 보았다. 엄마를 기다리는 내 나름의 의식이었다. 사실은 그 일 말고 아무것도 할 수가 없었다. 신기하게도 텔레비전에서 나오는 밝은 빛과 유쾌한 소리가 불안한 나를 감싸 주었다. 엄마가 왜 텔레비전을 보는지 알 것 같았다. 엄마는 가혹한 세계에서 외로웠고, 그런 엄마에게 텔레비전은 유일한 안식처였다.
 갑자기 배가 고팠다. 냉장고에서 엄마가 쟁여 둔 홈쇼핑표 볶음밥 하나를 꺼냈다. 포장지를 뜯고 전자레인지에 넣은 후 그 앞에 서서 밥 용기가 돌아가는 것을 지켜봤다. 표시창의 숫자가 2분에서 1분 30초로, 다시 1분으로 변하며 고소한 기름 냄새가 풍겼다. 삐익삐익, 조리가 끝났다는 소리에 밥을 꺼내 얼른 한 숟가락 떠

먹었다. 꽤 먹음직스러워 보였는데, 막상 입에 들어간 밥은 아무 맛도 나지 않았다. 다시 한 숟가락 넣고 천천히 씹었다. 마찬가지였다. 심지어 아무리 씹어도 껌처럼 입안에 달라붙어 좀처럼 목구멍으로 넘어가지 않았다. 엄마가 주는 밥에 불만이 많았다. 말이 집밥이지, 홈쇼핑에서 배달된 것을 데우거나 익히는 것에 불과했다. 요리랄 것도 없다며 빨리 독립해서 맛있는 음식을 해 먹을 거라고 투덜댔다. 하지만 냉동 음식을 데우고 차리는 데에도 나름의 기술이 필요했고, 엄마에게는 그 재주가 있었다. 내가 데운 밥은 영 맛이 없었다. 결국 끝까지 먹지 못하고 식탁에 그대로 뒀다.

텔레비전을 보는데 엄마가 하는 쓸데없는 얘기가 그리웠다. 엄마 말은 대체로 시시했다. 텔레비전에서 쏟아지는 정보를 여과 없이 수집한 것에 불과했기 때문이다. 비판이나 근거, 독창적인 의견 따위는 없었다.

"퍼스널 컬러라는 게 있대. 자기 피부 톤에 어울리는 색깔이 있다는 건데, 오렌지색이 어울리면 웜톤이고 핑크색이 어울리면 쿨톤이라네. 계절별로도 나눌 수 있다던데."

"누가 만든 거야? 근거가 있는 거야?"

상세히 물어보면 그때는 입을 다물었다. 모든 얘기가 그런 식이었다. 조금만 깊이 들어가면 엄마는 잘 몰랐다. 그런데 혼자 있으니 그런 얘기들이 그리웠다. 엄마가 하는 얘기를 듣다 보면 복잡

하고 힘든 마음이 정리되고 불안이 슬그머니 사라질 것 같았다.

텔레비전 안으로 뛰어들고 싶은 욕구가 올라왔다. 텔레비전은 한번 빠지면 좀처럼 끊기 힘든 중독성이 있었다. 하지만 그럴 때마다 다른 엄마의 말을 기억했다. 객관적으로 엄마를 구조하는 것은 내 능력 밖의 일이었다. 시스템상으로도 내가 가는 것은 엄마에게 부담이었다. 내 한계를 인정하고 다른 사람이 엄마를 구원하기를 기다려야 했다.

'돌아가서 희진 씨가 해야 할 일을 하며 기다리세요.'

당장 내가 할 일이 생각났다. 방으로 들어가 책상 앞에 앉았다. 다이어리를 꺼내 과제와 수행 평가 일정을 확인했다. 며칠 일상에 집중하지 못했고 그 때문에 밀린 과제가 많았다. 중간고사는 끝났지만 몇 과목의 수행 평가가 남아 있었다. 영어와 수학 수행 평가는 바로 다음 날이었다. 책꽂이에서 수행 학습지를 꺼내고 컴퓨터를 켰다.

2

 새벽까지 영어 발표문을 썼다. 주제는 'AI가 우리의 진로에 미치는 영향'이었다. AI가 여러 분야에서 인간의 직업을 대신하겠지만 결과적으로는 기존 직업을 다양화하고 발달시켜 인간과 협업하게 될 것이라는 입장에서 글을 정리했다. 인간과 AI가 협력할 수 있는 구체적인 방법을 전문가들의 인터뷰를 참고하여 제시했다. 인터넷을 뒤져 책과 논문 등 적절한 근거도 덧붙였다. 수학 수행 학습지도 꼼꼼히 풀었다. 노트에 여러 가지 풀이 방법으로 정리하는 것도 잊지 않았다. 그래야 시험 전에 빠르게 훑어볼 수 있었다. 특별히 난해한 문제는 없었고 어느 문제가 나와도 자신 있었다.
 "선생님, 윤아 안 왔는데요."
 조회가 시작되자 윤아 짝이 빈자리를 가리키며 말했다. 여기저기서 아이들이 웅성거렸다. 대학생이냐, 담대하다, 수행인데 빠지다니 멋지다. 몇 주 전과 비슷한 말이 또 오갔다. 그날 아침 풍경을 누군가 복사해서 붙여 놓은 것 같았다.

"문자가 안 왔는데. 누구 윤아한테 연락받은 사람?"

다른 점이라면 미리 병결 문자가 오지 않은 것이었다. 선생님이 나와 상우를 한 번씩 쳐다봤다. 나는 재빨리 메시지 함을 확인했다. 하지만 윤아에게서 온 메시지는 없었다. 상우도 마찬가지였다.

"수행 있는 날 무단은 안 되는데. 왜 하필 오늘 문자가 없지? 그동안 꼬박꼬박 보내 놓고."

선생님이 인상을 쓰며 휴대폰을 다시 확인했다.

수행은 참여만 해도 기본 점수를 얻지만, 빠지면 감점이 컸다. 특히 영어는 수행 평가 비중이 높아 1, 2등급 내려가는 것을 각오해야 했다. 그나마 병결은 구제 방법이 있지만, 무단결석은 그렇지 않아 문자의 유무가 중요했다. 영어는 윤아가 유일하게 신경 쓰는 과목으로 수행 결과에 따라 1등급은 무난히 올릴 수 있었다. 윤아는 어릴 때부터 영어 학원을 꾸준히 다닌 덕에 발음이 제법 괜찮았고, 글솜씨가 있어 발표문도 곧잘 쓰는 편이었다. 발표 준비를 잘 끝냈다고 했는데 무단결석이라니 아까웠다.

반장이 휴대폰을 걸기 전에 윤아에게 얼른 문자를 보냈다.

— 어디 아픈 거야? 선생님께 병결 문자 빨리 보내. 좀 괜찮아지면 늦

게라도 오고. 영어 수행은 봐야지.

 1, 2교시 수업이 끝나고, 3교시 통합과학 시간이었다. 수업 끝나기 직전, 선생님이 마지막으로 전기와 자기장의 흐름에 대해 보충 설명을 할 때였다.
 '방심하지 말고 윤아를 지켜봐 줘.'
 소미가 떠나기 직전에 했던 말이 불현듯 떠올랐다. 윤아의 결석은 자주 있는 일이지만, 병결 문자를 보내지 않은 건 평소와 달랐다. 특히 수행 평가 날의 결석은 석연찮은 면이 있었다.
 '나처럼 후회하지 말고.'
 나는 소미처럼 후회하고 싶지 않았다. 과학 선생님이 나가자마자 교무실로 내려갔다.
 "선생님, 윤아한테서 연락 왔어요?"
 "아니. 윤아 어머니께 문자 남겨 놨으니 기다려 보자."
 "선생님, 제 휴대폰 잠시만 주실 수 있어요? 다시 연락해 볼게요."
 선생님은 나까지 신경 쓸 거 없다며 교실에 올라가라고 했다. 하지만 그대로 돌아설 수 없었다. 다시 한번 부탁하자 선생님이 책상에 있는 휴대폰 상자를 건네주었다. 내 휴대폰을 찾아 전원 버튼을 눌렀다. 폰이 켜지며, 여러 개의 알림이 떴다. 그중에 윤아에게서 온 메시지도 있었다.

― 희진아, 메시지 고마워…….

윤아가 내 메시지를 확인한 모양이었다. 화면에 뜬 메시지창을 길게 눌러 전문을 확인했다.

― 희진아, 메시지 고마워. 내 답장은 수업 끝나고 보겠구나.

다른 때 같으면 수업이 끝나야 메시지를 확인한다. 아침에 휴대폰을 제출하면 종례 시간이 되어야 받을 수 있기 때문이다.

― 너 때문에 문득 행복할 때가 많았어. 수능 시험에선 우리 학교 1등을 넘어 전국 1등 해. 그리고 나에 대해서는 절대 신경 쓰지 마. 넌 언제나 최고의 친구였어.

윤아가 평소에 자주 하는 말이었다. 중학교 때는 사는 게 재미없었는데, 고등학교 와서 너를 만나 행복해. 넌 나 신경 쓰지 말고 공부에 더 집중해. 전교 1등에 만족하지 말고 전국 1등을 목표로 하라는 말도 여러 번 했다. 특별하지 않아 보였다. 다만 내 메시지에 대한 답은 없었다. 어디가 아픈지, 선생님에게 병결 문자를 보냈는지, 영어 수행을 보러 오는지는 알 수 없었다. 윤아에게 전화를 걸었다. 그런데 휴대폰이 꺼져 있었다.

교실에 들어가자 수학 수행 시험에 나올 만한 문제를 찍어 달라며 아이들이 내 자리로 모여들었다.

"1번, 4번, 그리고 7번과 11번도 가능성 있어. 17번은 살짝 꼬아서 다른 식으로 나올 것 같아."

급하게 알려 주고 나서 정리 노트를 꺼내 시험 전 최종 점검을 했다.

— 너 때문에 문득 행복할 때가 많았어.

그런데 노트 빈 곳에 윤아의 메시지가 휴대폰 화면 그대로 떠올랐다. 윤아가 자주 하던 말이라 가볍게 넘겼는데, 다시 생각해 보니 평소와 조금 달랐다. '행복할 때가 많아'가 아니라 '행복할 때가 많았어'였다. 서술어가 현재형이 아니라 과거형이었다.

— 나에 대해서는 절대 신경 쓰지 마.

자기에게 신경 쓰지 말라는 말은 왜 했을까. 자신의 결석에 신경 쓰지 말고, 내 수행 평가에 집중하라는 뜻이었을까. 이상한 건 '절대'라는 부사어였다. 윤아는 평소에 '절대'라는 말을 쓰지 않았다. 쓰지 않는 정도가 아니라 아주 싫어했다. 우리에게 절대라는 말을 함부로 쓰지 말라고 한 적도 있다. 인간이 절대로 확신할 수 있는 건 없다면서 말이다.

수업 시작종이 울렸다. 4교시 수학 수행 시험 시간이었다. 7반부터 9반까지 수학 과목을 전담하는 선생님이 시험지를 들고 감독관으로 들어왔다. 시험지를 배부하는 스타일은 독특했지만, 나눠 주는 속도는 나쁘지 않았다. 시험지를 받자마자 앞뒤로 살펴봤다. 내가 찍은 문제 중 세 개는 그대로 나왔다. 나머지도 얼핏 보면 달라 보이지만 스타일만 바꿔 비슷하게 나온 문제들이었다. 다만 계산이 복잡해 시간은 꽤 걸릴 것 같았다. 시험 시작 전에 옆에 앉은 짝이 역시 1등은 신통력이 있다며 혼잣말하는 소리가 들렸다.

― 넌 언제나 최고의 친구였어.

1번 문제를 읽어 내려갈 때였다. 윤아의 메시지가 다시 떠올랐다. 최고의 친구였어. 서술어가 과거형인 게 계속 거슬렸다. 우리는 지금도 친구다. 그런데 윤아는 한때 친구였다고 말하는 것 같았다. 친구가 아닌 사람에게 하는 것처럼 말이다. 시험 시간에는 다른 생각을 하면 안 된다. 무난하고 쉬운 시험이라도 집중하지 않으면 실수가 따른다. 특히 수학은 아무리 개념을 잘 이해하고 완벽한 식을 세워도, 계산에서 틀리면 끝이다. 1 아니, 0.01의 오차만 있어도 오답이다. 마지막 단계의 사소한 덧셈과 뺄셈까지 주의를 기울여야 한다. 나에게 수행 시험은 거저 받는 점수나 다름없지만, 자칫 실수하면 1등급을 완성할 수 없다. 운 좋게 1등급을 유지하고 있지만, 몇 점 차이로 뒤를 쫓는 경쟁자들이 숱하다. 나는 머릿속에 떠오르는 메시지를 지우며 정신을 가다듬으려 노력했다.

하지만 겨우 1번 문제를 풀었을 때 윤아의 메시지가 다시 떠올랐다. 결정적으로 나를 흔든 건 소미의 얼굴에 스쳤던 깊은 절망이었다.

'정말 말도 안 되는 일이 일어났어. 그래서 윤아를 다시 보러 온 거야.'

소미의 목소리가 가까이서 들리는 듯했다. 독감에 걸렸을 때처럼 식은땀이 나며 온몸에 오한이 들었다. 그리고 내가 피할 수 없는 갈림길에 서 있음을 깨달았다. 40분이면 마무리할 수 있는 시험이다. 조금만 서두르면 30분 안에도 풀 수 있고 풀기만 하면 만점이다. 하지만 여기서 한 문제라도 더 풀면, 1분이라도 지체하면 아주 중요한 일을 놓칠 것 같았다. 무엇보다 그 일은 우리 세계에서 내가 해야 하는, 나만 할 수 있는 일이다.

3

  자리에서 일어나자 감독관 선생님이 깜짝 놀란 얼굴로 나를 쳐다봤다. 하지만 나는 멈추지 않았다. 그대로 뒤편으로 걸어가 문을 열고 교실에서 나왔다.
  "제갈희진! 거기 서!"
  내 이름을 부르는 소리가 여러 번 들렸지만 돌아보지 않았다. 돌아보면 다시 돌이킬 자신이 없었다. 앞만 보고 달렸다. 등급은 나를 지켜 온 자존심이자 울타리였지만 지금은 그것을 넘어야 할 때였다. 그 너머에 더 중요한, 꼭 지켜야 할 것이 있었다. 교문을 나오면서부터 온 힘을 다해 달렸다. 숨이 차고 목구멍이 따가웠지만 멈추지 않았다. 왼쪽 가슴이 뻐근하게 아파서 잠시 속도를 줄여 빠른 걸음으로 걸었다가 다시 뛰었다. 그렇게 걷다가 뛰기를 반복했다.

"제갈희진, 왜 이렇게 빨라. 같이 가."

학교 근처를 벗어나 큰길로 들어섰을 때 상우가 숨을 헐떡이며 나타났다.

"넌 왜 왔어?"

"소미가 걱정하는 그런 일이 생긴 거지?"

상우도 소미가 한 말을 기억해 낸 모양이었다.

"잘 몰라. 윤아가 전화를 안 받아. 그냥 느낌이 그래."

메시지 내용에 대해 길게 설명할 겨를이 없었다. 솔직히 내 느낌이 틀릴 수도 있다. 다행히 상우는 더 묻지 않았고 우리는 말없이 그냥 달렸다. 윤아가 아파서 결석한 날 소미가 나와 상우에게 처음으로 화를 냈다. 우리는 윤아가 수시로 결석하니까 걱정하지 말라 했고, 소미는 원래 아픈 아이는 없다며 우리를 나무랐다. 그때는 소미가 유난스럽다 생각했는데, 아니었다. 윤아는 오래전부터 자주 아팠고 계속 신호를 보냈다. 우리가 둔하고 무심했다.

어느덧 윤아네 집에 다다랐다. 멈춰 서서 가쁜 숨을 몰아쉬었다. 막상 문 앞에 서니 내 판단에 자신이 없어졌다. 메시지 하나에 너무 예민하게 반응했나 싶었다. 도대체 무슨 확신으로 시험 중간에 여기까지 달려왔을까. 윤아가 자다 깬 부스스한 얼굴로 나와서 '그냥 학교 가기가 싫어서 안 갔는데, 왜 왔어?' 하며 웃을 것 같았다. 그러면 나는 윤아의 안녕에 안도할까, 아니면 시험을 망쳤다며 화를 낼까. 윤아가 어제와 같기를 바라는 기대와 위험에 처해 구조가 급박할 거라는 염려가 팽팽하게 맞섰다.

내가 주저하는 사이 상우가 문 앞으로 다가가 초인종을 눌렀다. 잠시 기다렸지만 아무 반응이 없었다. 서너 번 초인종을 더 눌러도 마찬가지였다.

"김윤아, 안에 있어?"

나는 문을 두드리며 윤아 이름을 불렀다. 여전히 잠잠했다. 목소리가 문 두드리는 소리와 함께 계단을 타고 크게 울렸다. 남에게 피해를 주거나 눈에 띄는 행동은 피하는 편이지만 이번만큼은 예외였다. 주먹을 쥐고 문을 두드렸다. 그리고 낼 수 있는 가장 큰 소리로 윤아를 불렀다.

"김윤아! 우리 왔어. 빨리 나와!"

상우도 목소리를 높이기 시작했다. 문도 더 세게 두드렸다. 문이 부서질 것처럼 흔들렸다.

"누구길래 시끄럽게 남의 집 문을 두드려요?"

계단 아래쪽에서 한 할머니가 올라왔다.

"죄송합니다. 친구가 학교에 안 와서요. 무슨 일이 있나 걱정되어 찾아왔는데, 초인종을 눌러도 반응이 없어요."

할머니는 말없이 우리 둘의 상기된 얼굴을 쳐다보다 아래로 내려갔다. 그때부터 우리는 더 힘차게 문을 두드렸다. 이웃이 우리의 소란을 암묵적으로 허락했기 때문이다.

"119에 전화 했어요?"

내려가던 할머니가 다시 올라와 물었다.

"아뇨."

"일단 전화부터 해요. 위급 상황일 수도 있잖아요."

처음 겪는 일이라 거기까지는 생각지 못했다. 그런데 전화기가 없었다. 우리 둘의 휴대폰은 교무실 선생님 책상 위에 있었다.

"저희가 휴대폰이 없어요."

"그럼 내가 할게요. 그리고 목소리를 더 크게 해요. 문도 훨씬 세게 두드리고. 그렇게 두드려서는 안에서 들리지도 않겠어요."

할머니가 전화를 했고, 우리는 할머니가 시키는 대로 목소리를 키우고 더 세게 문을 두드리며 윤아를 불렀다.

"제갈희진! 오상우!"

그런데 윤아가 아닌 다른 사람이 나와 상우 이름을 부르며 나타났다. 담임 선생님이 엘리베이터 앞에서 우리를 보고 있었다. 그 뒤에 윤아 엄마도 있었다. 감독관 선생님이 담임 선생님에게 나와 상우가 나간 사실을 알린 모양이었다.

"너희끼리 오면 어떡해?"

선생님이 엄한 표정으로 우리를 나무랐다. 윤아 엄마는 하얗게 질린 얼굴로 현관문으로 달려가 잠금장치를 열었다. 비밀번호를 누르는 윤아 엄마의 손이 심하게 떨렸다.

잠금장치가 풀리며 윤아네 집 문이 열렸다. 윤아 엄마가 서둘러 안으로 들어가 입구에 있는 윤아 방의 문을 열었다. 짧고 예리한 비명 소리를 내며 윤아 엄마가 방으로 사라졌다. 선생님이 급히 방으로 들어갔고, 나와 상우도 뒤따랐다.

방 한가운데 윤아가 쓰러져 있었다. 그리고 피가, 붉은 피가 사방으로 넓게 퍼져 있었다. 윤아는 헝클어진 머리로 두 눈을 감고 있었고, 얼굴은 핏기 하나 없이 창백했다. 선생님이 얼른 나와 상우를 밖으로 밀어냈다.

"윤아야! 정신 차려! 눈 떠 봐. 왜 이래. 선생님, 얼른 119로 전화해 주세요!"

윤아 엄마의 다급한 목소리가 들렸다. 선생님이 전화를 걸며 현관 밖으로 사라졌다. 선생님이 없는 틈을 타서 다시 방 안으로 들어갔다. 나는 그대로 주저앉아 윤아 이름을 불렀던 것 같다. 윤아야, 윤아야. 일어나.

밖에서 요란한 소리가 들리는가 싶더니 소방대원 서너 명이 방으로 들어왔다. 아래층 할머니가 부른 소방대원이 도착한 모양이었다. 나는 선생님에 의해 다시 방에서 끌려 나갔고, 문밖에서 쪼그리고 앉아 안에서 일어나는 소리를 듣고만 있었다. 소방대원과 윤아 엄마가 긴급히 대화를 나누고는 곧바로 심폐 소생술이 이뤄졌다. 제세동기 켜지는 소리가 희미하게 들리더니 어느 순간부터 방에서 나오는 소리가 거의 들리지 않았다. 소방대원과 선생님이 방을 드나드는 모습이 마치 슬로 모션을 보는 것처럼 흑백의 느린 화면으로 보였다.

"야, 괜찮아?"

상우가 멍한 내 상태를 알아채고 어깨를 두드렸다.

"응."

나는 엎드려 기도를 시작했다. 초등학교 이후로 처음 해 보는 기도였다. 윤아를 살려 주세요. 부탁입니다. 제발, 윤아를.

잠시 후 윤아가 구급용 들것에 실려 나왔고 윤아 엄마와 선생님이 그 뒤를 따랐다. 나와 상우도 서둘러 집에서 나왔다. 1층에 도착했을 때 윤아와 윤아 엄마를 태운 구급차가 병원을 향해 막 출발했다. 사이렌 소리와 함께 구급차가 아파트 출입구를 벗어났다.

"윤아, 숨 쉬니까 걱정 마라. 선생님은 병원으로 갈 테니 너희는 학교에 가 있어."

선생님이 승용차를 타고 우리 앞을 지나갔다.

"들었지? 윤아 숨 쉰다고. 아까 소방대원들도 그랬어. 윤아 살았다고. 그러니 정신 차려."

상우의 말에 먹먹하던 귀가 서서히 뚫리며 주변 소리가 들리기 시작했다. 벤치 앞 풍경도 흑백에서 천연색으로 바뀌고 상우의 움직임도 제 속도로 보였다. 윤아가 숨을 쉰다는 소식에 모든 감각 기관이 순식간에 원래 상태로 돌아왔다.

소미처럼 윤아를 잃은 줄 알았다. 내가 늦었다고 자책했다. 왜 1번 문제를 풀었을까. 왜 더 빨리 뛰지 못했을까. 왜 문 앞에서 주저했을까. 왜 119에 전화할 생각을 빨리 하지 못했을까. 이런저런 후회로 스스로를 원망하고 있었다. 하지만 윤아가 숨을 쉰다. 윤아가 살아 있다. 까아악, 새 한 마리가 큰 소리로 울며 지나갔다. 까치가 울면 길한 일이 생기고, 까마귀가 울면 흉한 일이 생긴다고 했는데, 까치인지 까마귀인지 구별할 수 없었다. 까치였으면 좋겠다고 생각하며 윤아의 무사를 다시 한번 빌었다.

"1초라도 늦었으면 위험했대. 희진이 네가 윤아를 구한 거야."

나 혼자서 한 일은 아니다. 상우, 선생님, 윤아 엄마, 아래층 할머니와 소방대원까지 다 같이 한 일이다. 무엇보다 소미가 있어서 가능한 일이었다. 위험을 무릅쓰고 세계를 넘어온 소미가 아니었다면, 떠나기 직전 나에게 거듭 부탁하지 않았다면 나는 윤아의 변화를 눈치채지도, 용기를 내어 구하지도 못했을 것이다.

"너 예전에도 이렇게 문을 두드려서 누군가를 구한 적 있는데, 기억나?"

상우가 대뜸 말했다.

"내가?"

전혀 모르는 얘기였다.

"초등학교 3학년 때 친구들이 나를 심하게 늘렸잖아. 그래 놓고 내가 자기들을 놀렸다고 뒤집어씌워 선생님께 일러바쳤어. 선생님한테 혼날까 봐 화장실로 숨었는데, 네가 닫자 화장실에까지 들어와 문을 두드렸어. '상우야, 나와. 네가 안 그런 거 알아. 내가 다 봤어. 어서 나와' 그랬어."

완전히 잊어버렸는데, 얘기를 들으니 그때 일이 어렴풋이 떠올랐다.

"윤아 집 문을 두드리는데, 생각나더라."

그때는 나도 상우처럼 왕따나 다름없었다. 힘도 없고 인기도 없어 애들한테 이리저리 치일 때였다. 착하고 용감해서라기보다는 같은 처지의 상우가 마음 쓰였을 것이다.

"화장실에서 나오면서 생각했지. 나는 앞으로 제갈희진에게 충성하겠다!"

상우가 장난스레 경례 자세를 취하며 충성을 다짐하는 시늉을 했다. 그 모습에 웃음이 났다.

"이제 학교 가자. 마지막 수업은 들을 수 있겠다."

"지금 가서 수업을 듣자고?"

"당연하지."

"정말?"

상우가 절레절레 고개를 저었다. 모범생이랑 다니는 건 힘든 일이라며 투덜거렸다. 충성을 다짐한 지 1분도 지나지 않아서 말이다. 기운은 없었지만 학교 가는 길은 제법 걸을 만했다. 올 때는 오르막이라 힘들었는데, 가는 길은 내리막이라 편했다.

소미야, 고마워. 네가 온 덕분에 윤아가 살았어. 우리가 윤아를 구했어. 소미의 웃음소리가 어디선가 들리는 것 같았다. 소미도 다른 세계에서 우리와 같은 길을 나란히 걷고 있는 기분이었다.

4

내가 우리 세계에서 윤아를 구하는 동안 다른 세계에서는 누군가 엄마를 구했다.

나는 남을 믿지 않는 편이고, 언제나 스스로 살아남아야 한다고 생각했다. 하지만 인간은 다른 사람의 도움에 빚지며 살아가는 존재고, 윤아와 엄마는 그렇게 해서 목숨을 구할 수 있었다.

현관문을 열었을 때 엄마의 무사 귀환을 예감했다. 혼자 있을 때 느낄 수 없던 생기가 집 안에 가득했다.

"엄마?"

"희진아!"

가방을 던져 놓고 엄마를 끌어안았다. 엄마의 몸을 만질 수 있고 냄새를 맡을 수 있어 좋았다. 오랜만에 느끼는 한 인간의 구체적인 물성이 감격스러웠다.

"스킨십이라면 질색하는 애가 웬일이야. 징그럽게."

엄마는 당황하면서도 싫지 않은 눈치였다. 엄마와 나 사이의 경계가 흐릿해지며 깊이 연결된 기분이 들었다.

"엄마를 영원히 못 만날까 봐 너무 무서웠어. 몸은 괜찮은 거야?"

나는 엄마 얼굴과 몸을 이리저리 살폈다.

"응, 아주 좋아. 나한테는 길지 않은 시간이었어. 그렇게 오랫동안 갇힌 줄도 몰랐다니까. 오기 전에 정밀 검사를 했는데 다 괜찮대."

그제야 안심이었다. 엄마는 푹 쉬어서 그런지 평소보다 컨디션이 좋아 보였다.

"너야말로 어디 아픈 것 같아. 안색이 영 안 좋은데."

"일이 있었어. 그런데 그 얘기는 천천히 할게. 일단 여기 좀 앉아 봐. 지금은 엄마에 관해 할 얘기가 있어."

"피곤하면 나중에 해."

"아니야. 지금 해야 해. 깊이 고민해서 말하는 거니까 잘 들어줬으면 좋겠어."

내 진지한 태도에 엄마도 심각해졌다.

"우리 집 가까운 곳에 미용 자격증 학원이 있어. 엄마가 원하는 평범하고 구체적인 삶을 여기서도 시작할 수 있다는 거야. 위험을 무릅쓰고 세계를 건널 필요가 없다고. 그뿐이 아니야. 엄마가 좋아하는 미술을 다시 시작할 수도 있어. 내가 알아봤는데……."

"잠깐만!"

엄마가 중간에 끼어들었다.

"아직 내 말 안 끝났어, 엄마. 다른 직업 프로그램도 많아."

엄마가 가만히 내 손을 잡았다.

"알아봐 줘서 고마워. 하지만 엄마는 거기서 일하는 게 좋아. 여기보다 거기가 엄마한테 더 맞는 곳이야."

"여기서도 시작하면 괜찮을 거야. 내가 많이 도와줄게. 그곳은 엄마의 원래 세계가 아니잖아. 진짜 세계는 여기라고. 사람이 어떻게 두 세계를 동시에 살아. 그건 불가능해. 어느 곳에도 집중하지 못할 거야. 결국 지치고 고갈될 뿐이야. 여기서 다시 시작해. 우리 세계도 예전과 많이 달라졌어. 엄마가 집에만 있어서 그래. 이젠 누구도 남에게 함부로 하지 않아."

어느 때보다 간절하게 말했다.

"희진아."

엄마가 내 이름을 불렀다. 무슨 말이 나올까 궁금했지만, 크게 걱정되진 않았다. 엄마는 나를 위해서 어려운 선택을 한 사람이고 결정적인 순간엔 내 뜻을 따르는 사람이다.

"엄마는 두 세계를 살 거야. 살아 보니 되더라. 불가능하지 않아. 엄마는 끝까지 해 보고 싶어."

내 말을 듣고 당장 그러겠다는 아니어도, 생각해 보겠다거나 천천히 정리하겠다며 여지라도 남길 줄 알았다. 그런데 엄마는 단호했다.

"나는 싫어. 엄마가 정신없이 두 세계를 사는 거 너무 불안하다고. 또 사고를 당하면 어떡해. 그냥 하나에 집중해. 이번 기회에 미래전자도 그만뒀으면 좋겠어. 제발 부탁이야."

온 힘을 다해 매달렸다. 무슨 수를 써서라도 엄마를 말리고 싶었다. 지나고 나서 후회하고 싶지 않았다.

"몇 년만 있으면 나도 일할 수 있어. 대학생 되면 바로 아르바이트할 거야. 엄마가 굳이 힘들게 일하지 않아도 된다고."

"제갈희진! 그만해. 네가 뭔데, 무슨 자격으로 엄마 일에 참견하고 함부로 그만두라는 거야. 네가 반대해도 어쩔 수 없어. 엄마는 일을 계속할 거고, 두 세계를 동시에 살 거야. 네가 일을 하든 말든 상관없어."

엄마는 뜻을 꺾지 않았다. 이런 모습은 처음이었다.

"그렇다면 하나만 선택해. 여기와 거기 중에. 아니, 나와 거기 중에!"

초강수를 뒀다. 나 역시 물러설 생각이 없었다.

"둘 다!"

뜻밖의 대답이었다. 심지어 한 치의 고민이나 망설임도 없었다. 둘 다라고 했지만 결국 내가 졌다는 뜻이었다. 내가 엄마의 선택에서 밀린 것이다. 누구도 동시에 둘을 사랑할 수 없다. 유일성이 사라진 사랑은 사랑이 아니고, 둘을 사랑하는 건 어떤 것도 사랑하지 않는다는 뜻이다.

"엄마, 그렇다면 차라리 그 세계에 집중해. 거기로 완전 이주해. 밤낮없이 오가느라 피곤해하지 말고. 어차피 엄마는 여기에 미련 없잖아. 여기선 텔레비전만 보잖아! 그러니까 그냥 그 세계에서 살아!"

악다구니를 쳤다. 나는 사실상 모든 전의를 상실했다.

"네가 여기에 있잖아!"

엄마가 작지만 또렷한 목소리로 말했다. 뜨거운 불덩이 하나가 훅 던져진 느낌이었다. 가슴에 붙은 불이 점점 퍼져 온몸을 뜨거운 기운으로 감쌌다.

"뭐? 방금 뭐라고 했어?"

"네가 이 세계에 있다고. 그래서 나는 다른 세계로 이주할 수 없어."

"내가 뭐, 내가 엄마한테 뭔데?"

눈물이 쏟아졌다. 싸우다가 울면 지는 건데 어쩔 수 없었다. 삼키려고 해도 눈물이 삼켜지지 않았다.

"지금까지 엄마가 찾아낸 세계가 수십 개가 넘거든. 그런데 어디에도 너는 없더라. 너는 오직 여기에만 있어. 이 세계에만 존재해. 내가 여기에 돌아오는 이유야. 이 세계는 나에게 가혹하고 매정하지만, 그래서 너무 무섭지만 떠날 수가 없어. 네가 여기에 있으니까. 희진아, 너는 엄마에게 포기할 수 없는 유일한 세계야."
 결국 소리 내어 울어 버렸다. 꾹꾹 눌러 왔던 미안함과 불안함 그리고 피곤함이 눈물이 되어 흘러내렸다.
 나는 엄마에게 늘 미안했다. 내 선택이 아니라 어디까지나 엄마의 선택이었지만, 존재한다는 것 자체가 죄스러웠다. 내가 생기지 않았다면 엄마는 지금과 다른 삶을 살았을 테니까. 그래서 당당하지 못했고 끊임없이 내 가치를 증명해야 했다. 자주 불안하고, 늘 피곤했다.
 눈물과 콧물이 범벅이 되어 바닥까지 떨어졌다. 엄마가 다가와 나를 안았다. 그래도 울음이 그치지 않았다. 배가 아파 온 건 그렇게 울다가 지칠 때쯤이었다. 그냥 지나가는 통증이 아니었다. 익숙한 통증도 아니었다. 이제껏 겪어 보지 못한 새롭고 강력한 것이었다.
 "어억, 으억, 어어억."
 울음소리가 거친 신음으로 바뀌었다.
 "희진아, 왜 그래?"
 "배가 아파."
 "몸을 똑바로 펴 봐."
 몸을 펴면 더 아팠다. 배가 끊어질 것 같았다. 눈물범벅이던 얼굴에 이제는 땀까지 쏟아졌다.
 "할아버지한테 전화하자."

엄마가 급히 휴대폰을 찾아 번호를 눌렀지만, 할아버지는 전화를 받지 않았다.

"안 되겠다. 희진아, 병원 가자. 아무래도 안 되겠어."

엄마가 나를 부축해 현관으로 갔다.

"잠깐만, 밖에 나가려면 뭐가 있어야 하지."

엄마의 행동은 서툴고 어색했다. 이 세계에서는 문밖에 나간 지 너무 오래되었기 때문이다. 엄마가 나를 세워 놓고 주변을 두리번거리다 가방을 집어 들었다. 그리고 나를 데리고 집을 나왔다. 엄마와 함께 복도를 걸었다. 엄마가 밖으로 나오다니. 통증이 심한 와중에도 그런 생각이 들었다.

아파트 단지 입구에서 택시를 잡았다. 엄마가 택시 기사에게 근처에 있는 병원 응급실로 가 달라고 부탁했다. 눈을 감고 엄마에게 기대었다. 예리한 통증이 배에서 팔다리와 머리로 퍼졌다. 몸살이 난 것처럼 온몸이 아프고 떨렸다.

"엄마."

"아프니까 말하지 마."

"준이랑 결혼할 거야?"

갑자기 그게 왜 궁금했는지 모르겠다.

"아니."

엄마가 거기까지 말하고 잠시 쉬었다가 목소리를 낮춰 다시 말을 이었다.

"그 세계엔 결혼이 없어. 그래서 미혼이나 비혼이란 말도 없지. 엄마는 그냥 뜨겁게 사랑하며 살 거야."

"그거 하난 마음에 드네."

내 반응에 엄마가 희미하게 웃었다. 예리한 통증은 묵직한 통증으로 변했고, 어느 순간부터는 아무것도 느껴지지 않았다. 운전기사가 이제 병원이라며 응급실 앞으로 가면 되냐고 물었다. 일어날 수 있겠어, 희진아? 다 왔대. 엄마 목소리가 다급했다.

5

 충수염이 심해져 복막염이 되었다. 몇 주 전 배가 아플 때, 충수염일 때 빨리 병원에 갔어야 했다. 보건 선생님 말을 귀담아들었어야 했는데 놓쳤다. 참는다고 언제나 복이 되진 않는다. 지나친 인내는 독이 되기도 한다. 그나마 엄마가 서둘러서 다행이었다. 수술도, 회복도 빠른 편이었다.
 "네가 아빠를 궁금해하는 줄 몰랐어."
 처음 산책을 시작한 날 뒤뜰을 걸으며 엄마가 말했다. 6인 입원실에서는 하기 힘든 얘기였다. 사람은 직접 겪은 일이 아니면 온전히 이해하기 어려운가 보다. 나와 엄마는 둘 다 아팠지만, 상대가 느끼는 미세한 고통은 헤아리지 못했다. 나는 우리 세계를 떠나고 싶을 정도로 아팠던 미혼모의 상처를 몰랐고, 엄마는 존재하지 않는 아빠를 궁금해하며 악몽을 꾸는 미혼모 딸의 불안을 알지 못했다.

"사랑은 아니었어."

엄마가 다시 얘기를 꺼냈다. 처음엔 무슨 말인가 했다. 무심한 척하며 엄마의 말에 귀를 기울였다.

"네 아빠도 나쁜 사람은 아니야. 사랑하지 않았으니 결혼할 수 없었고, 어린 나이에 아기를 책임지는 것도 쉬운 일은 아니잖아. 헤어진 이후로 한 번도 만난 적 없어. 딱 하나 기억하는 건 그 사람도 꽤 잘생겼다는 거야."

"뭐?"

이 와중에 외모를 따지는 엄마가 웃겼다.

"준만큼은 아니지만."

"엄마도 참 속없어. 잘생긴 사람 만나 고생해 놓고, 또 얼굴을 따져?"

"하나쯤은 따져도 되지 않니? 대신 다른 건 안 보잖아."

"다른 걸 까다롭게 봐야지. 착한지, 성실한지, 다정한지."

"몰라. 아무튼 나와 준은 서로 사랑해. 그러면 됐지."

또 사랑 타령이라니. 엄마는 정말 나와 다르다.

"내가 아무리 말려도 바꿀 수 없는 거지? 다중 거주자로 살겠다는 결심 말이야."

"응. 엄마는 그렇게 살고 싶어. 두 세계에 사는 걸 이상하게 생각하거나 섭섭해하지 마. 너에게도 엄마 말고 다른 세계가 많잖

아. 친구도 있고, 학교도 있고, 학원도 있고. 인터넷이나 SNS도 있고."

"그런 거랑은 다르지."

"다르지 않아. 우리는 모두 여러 세계를 살아. 그리고 아무리 엄마와 딸이라도 모든 세계를 공유할 순 없어. 각자의 세계를 인정하고 존중해야 해."

말싸움에선 언제나 내가 이겼는데, 엄마는 두 세계를 살며 두 배로 똑똑해지고 있었다.

"희진아!"

할아버지가 멀리서 손을 흔들며 다가왔다. 면회 온다는 연락을 받고 기다리던 참이었다.

"벌써 이렇게 움직여도 돼?"

"네. 수술도 잘되고, 회복도 아주 빠르대요. 모레 퇴원할 것 같아요."

엄마가 대답했다.

"다행이다. 너는 괜찮냐? 집 밖에 나온 거 오랜만인데."

할아버지가 걱정스러운 눈으로 엄마를 봤다.

"잘 먹고 잘 자요. 희진이 덕분에 나왔는데 나쁘지 않네요. 앞으론 가끔 나와야겠어요."

"진짜냐?"

나는 링거 주사가 달리지 않은 손으로 할아버지 팔짱을 꼈다.

할아버지가 놀라서 살짝 비틀거렸기 때문이다.

"그리고 아빠, 저 취직했어요. 집에서 텔레비전 신제품 모니터링하는 일인데 꽤 괜찮아요."

엄마는 내친김에 취직 소식까지 전해 버렸다.

"아이고, 어디서 너한테 딱 맞는 일을 구했네."

할아버지가 그렇게 웃는 걸 처음 봤다. 내가 1등 했을 때보다 더 기쁜 얼굴이었다. 엄마가 아무리 속을 썩여도, 할아버지에게 엄마는 하나뿐인 딸이자 가장 중요한 세계였다.

"아빠도 같이 걸으실래요? 희진이 많이 걸어야 한대요. 그래야 회복이 빠른가 봐요."

얼떨결에 나와 엄마, 할아버지까지 세 식구가 모처럼 함께 산책을 했다.

"참, 희진아."

가만히 걷던 할아버지가 돌아봤다.

"아파서 결석한 건 생활 기록부에 남아도 괜찮지? 1등급 받는데 아무 지장 없는 거지?"

"출결이랑 등급은 별개예요. 그리고 병결 기록은 아무리 많아도 성적에 영향을 주지 않아요. 전교 1등의 할아버지면서 그것도 모르면 어떡해요."

며칠간 잊고 있었던 수행 시험과 등급이 떠올랐다. 갑자기 수술 부위가 당기며 아팠다. 수행 시험 중간에 뛰쳐나간 얘기는 꺼내지도 못했다. 배를 잡고 어색하게 웃었다. 엄마와 할아버지가 모처럼 행복해 보여서 도저히 말할 수 없었다.

6

선생님이 멀건 둥굴레차를 내밀었다. 티백 하나에 물을 너무 많이 담은 것 같았다. 꼭 해야 할 말만 정확하게 전달하는 선생님이 평소와 달리 재미없고 뻔한 이야기를 계속했다. 그래서 결론을 예상할 수 있었다. 하지만 먼저 묻지 않고 선생님의 긴 서론을 끝까지 들었다.

"음, 그래서 말이야. 다시 시험 치를 기회를 줘야 한다고 강력히 건의했는데, 형평성에 어긋난다며 안 된다는 거야. 교장 선생님을 비롯해 많은 선생님들이 안타까워하셨어. 규정대로 수학은 시험 본 만큼 점수를 받을 거고, 영어는 나중에 다른 결석자들과 같이 다시 발표할 기회를 얻을 거야. 다만 감점은 있을 거다."

회의 내용을 전달하고 나서 선생님은 얕은 한숨을 쉬었다.

"예상하고 있었어요. 신경 써 주셔서 감사합니다, 선생님."

"수학은 다 풀고 나가지. 풀기만 했으면 만점인데. 아니다. 시험이 아무리 중요해도 사람 목숨만큼은 아니지. 다 풀고 갔으면 윤아가 위험했을 거다. 정말 큰일 했다. 교장 선생님이 특별 선행상을 주신다고 하더라."

"네."

최우수 학력상 대신 특별 선행상을 받게 될 모양이다.

"주요 과목인 영어, 수학에서 2등급이 나올 것 같아 얼마나 속상한지 모르겠다. 어제 한숨도 못 잤어. 내가 이런데 너는 오죽하겠냐."

나도 잠을 설치긴 했다. 윤아를 구했으니 욕심내지 말자고, 앞으로 따라잡을 기회가 있을 거라고 다짐하면서도 마음 한편에서 생겨나는 욕심과 아쉬움은 어쩔 수 없었다. 선생님께 먼저 말씀드렸다면, 학교에서 전화로 신고했다면, 수학 문제를 다 풀고 택시로 갔다면, 선택하지 않은 대안들이 떠오르기도 했다. 그래도 마지막에 드는 생각은 내 선택이 옳았다는 거였다. 윤아가 살았으니 충분했다. 윤아가 떠났으면 지금쯤 어떤 시간을 보내고 있을까. 나 역시 소미처럼 방황하며 윤아를 찾아 떠돌았을지도 모른다.

"처음 겪는 일이라 실망이 크겠지만, 그래도 흔들리면 안 된다. 앞으로 기말고사도 있고, 2학년과 3학년도 남았으니까. 충분히 만회하고 남는다. 알지?"

선생님은 남은 차를 한 번에 쭉 들이켠 후 원래의 모습으로 돌아왔다.

"윤아한테는 다른 연락이 있었나요?"

윤아에게 먼저 메시지를 보내지 않았다. 윤아가 편해질 때까지 기다리고 싶었다.

"윤아는 퇴원했어. 앞으로 상담을 더 받으면서 정확한 진단을 받아야 한다더라. 지금 소견으로는 가면성 우울증이 의심된다는데, 꾸준히 진료를 받으며 증상을 더 지켜봐야 한대. 윤아가 아픈 걸 알고 있었니?"

"아니요. 몰랐어요."

"하긴, 어머니도 모르셨다니까. 윤아 본인도 정확히 몰랐다는데, 뭘. 우울증이라는 게 숨겨질 수 있대. 나도 애들에 대해 잘 안다고 자신했는데 아니었다. 결석한다고 혼내기만 했지, 그렇게 아픈 줄은 전혀 몰랐어. 그런데 그날은 어떻게 알았어?"

"그냥 평소와 조금 달랐어요. 윤아가 원래 병결 문자를 꼬박꼬박 보내잖아요. 수행 있는 날은 결석을 안 하고. 그래서 메시지를 보냈는데, 받은 답장에서 이상한 느낌이 있었어요."

"그랬구나. 네가 눈치를 채서 얼마나 다행인지 모르겠다. 윤아랑 제일 친했으니 너도 한동안 힘들 거야. 상담 선생님께서 너랑 상우를 따로 만나 보겠다고 하시던데, 그럴래?"

"네, 생각해 볼게요."

"힘들어도 공부에 집중해라. 그러지 않으면 나중에 윤아를 원망하게 될 거야. 매정하게 들리겠지만, 공부는 원래 매정하게 하는 거다. 알지? 흔들리지 말고."

선생님은 그 후로도 흔들리지 말라는 말을 서너 번 더 했다. 선생님을 봐서라도 흔들리면 안 될 것 같았다.

결과를 듣고 나오는데 생각보다는 기분이 괜찮았다. 1등을 놓치면, 1등급이 아니면 세상이 무너지고 견딜 수 없을 줄 알았는데 그렇지 않았다. 거기서 멀어져도 세상은 변함없이 굳건하고, 나도 여전히 건재했다. 오히려 깊은 해방감이 들었다.

시험 때마다 1등 자리를 지켜야 한다는 생각에 초조했다. 시험 전날 밤 과호흡이 오거나, 손가락에 마비 증상이 온 적도 있다. 손톱은 하도 물어뜯어 너덜너덜했고, 입술 역시 비비고 꼬집어 딱지가 앉을 날이 없었다. 상담실에서 벗어나 교실로 가는데 홀가분하고 자유로운 기분이 들었다. 오랫동안 들고 있던 무거운 짐을 내려놓은 것 같았다. 앞으로 성적에 신경 쓰지 않겠다는 건 아니다. 떨어진 등급을 올리기 위해서 열심히 공부할 것이다. 다만 결과에 짓눌려 나 자신을 망가뜨리진 않을 생각이다. 나는 등수나 등급으로 결정되는 사람이 아니며 애초에 누군가에게 내 가치를 증명할 필요가 없다는 걸 알았기 때문이다. 나는 누군가에게 인생을 건 선택이자 포기할 수 없는 유일한 세계다.

종례 직후 윤아에게서 메시지가 왔다. 시간 있으면 집에 잠깐

들르라는 내용이었다. 서두르지 않고 윤아의 연락을 기다린 보람이 있었다. 나와 상우는 그날처럼 온 힘을 다해 달렸다. 수술 부위가 아팠지만 그래도 좋았다.

나와 윤아는 만나자마자 부둥켜안았다. 살아 줘서 고마워. 구해 줘서 고마워. 서로에게 속삭이고 속삭였다. 평소엔 오글거려 손도 안 잡는 사이지만, 오래 안고 있어도 전혀 어색하지 않았다.

"내가 너무 놀라게 했나?"

침대에 앉으며 윤아가 말했다. 살짝 수척해 보였지만, 특유의 장난기는 여전했다.

"응. 많이 놀랐어. 네가 그렇게 힘든 줄은 몰랐거든. 미안해."

윤아를 만나면 사과부터 하고 싶었다.

"아니야, 내가 미안하지. 죽으려던 건 아니었어. 그냥 힘든 티를 내고 싶었던 것 같아. 살고 싶다고 비명을 지르려 했는데."

윤아가 조심스럽게 그날의 기분을 설명했다.

"내가 다니는 병원 의사 선생님이 그러시는데, 우울증 증상에 등교를 힘들어하는 것도 있대. 잠이 쏟아지거나, 이유 없이 몸이 아픈 것도 있고. 너는 계속 티를 냈는데 우리가 둔했어."

상우가 말했다. 상우는 초등학생 때 따돌림을 당한 후 꽤 오랫동안 상담을 받았고, 그 뒤로도 가끔 병원을 찾는다고 했다.

"게으르고 책임감이 없다고 생각했어. 그럴 때마다 스스로 자책했던 것 같아. 아침에 일어나기 힘들 정도로 몸이 무거울 때마다 내가 싫었어. 객관적으로는 별로 힘들 이유가 없잖아. 몸도 건강하고, 집도 웬만큼 살고, 엄마 아빠 사이도 좋고. 그런데도 자꾸 부정적인 생각이 드니까 힘들더라. 이겨 내려고 노력할수록 수렁에 빠지는 느낌이었어. 그러다 이 지경까지 와 버린 거야."

윤아는 지극히 평범하고 무난한 아이라고 내 멋대로 규정했다. 걱정 따위 있을 리 없다고 단정했다. 누구나 저마다의 아픔과 고민이 있는데, 언제나 내가 제일 힘들고 나만 불행할 자격이 있다고 착각했다.

"소미 보고 싶다. 병원에 있을 때 소미 생각이 자꾸 나더라."

윤아가 소미 얘기를 꺼냈다. 나 역시 며칠째 소미 생각을 하고 있었다. 소미가 아니었다면 윤아의 작은 변화를 알아차리지 못했기 때문이다.

"소미가 다른 세계로 가는 날 만났어. 급하게 가는 바람에 너한테 연락하지는 못했어. 그날 소미가 너를 잘 살펴 달라고 부탁했어. 네가 평소와 다르면 놓치지 말라고. 소미는 너를 구하러 여기에 온 거였어."

내 얘기를 들은 윤아는 많이 놀라지 않았다. 소미가 낯설지 않았으며 다른 세계에서 온 걸 알았을 때 자기 때문일 거라는 느낌이 들었다고 했다. 나는 윤아에게 소미가 그 세계에서 윤아를 잃었다는 얘기는 하지 않았다. 굳이 안 해도 될 것 같았다. 하더라도 아주 나중에 할 생각이다.

"윤아야, 네가 얼마나 소중한 사람인지 늘 기억해. 너를 구하기 위해 소미는 세계를 건너왔고, 나와 희진이는 수행 시험을 포기했다고. 나야 결과에 큰 차이가 없지만, 희진이는……."

상우가 말했다. 시험 얘기는 하지 말라고 했는데 기어이 하고 말았다.

"미안해, 희진아. 그리고 정말 고마워."

윤아가 울컥하며 말했다.

"괜찮아. 네 앞이라서 거짓말하는 거 아니야. 공부를 잘해야 사람들이 나를 무시하지 않는다고 생각했거든. 그런데 아니었어. 나는 원래부터 소중해. 너희도 내가 1등 해서 좋은 거 아니잖아. 그냥 내가 너무 좋잖아. 그렇지?"

내 너스레에 윤아와 상우가 크게 웃었다.

"우리가 이해하자. 애가 1등급을 놓치더니, 부작용으로 자만심을 얻었어."

상우가 말했다. 나한테 꼼짝도 못 하던 애가 어느새 많이 커서 가끔은 나를 놀리는 아이가 되었다.

"나는 너의 교만함이 몹시 마음에 든다!"

윤아가 내 머리를 쓰다듬으며 말했다. 큰일을 겪어 손목에 붕대를 감고 있으면서도 윤아는 여전히 유쾌하고 웃었다. 활발하고 재미있는 사람도 아플 수 있다. 오히려 타고난 유머 감각 탓에 허무와 우울은 쉽게 감춰졌고, 아무도 모르게 병을 키우고 말았다.

나와 상우, 그리고 윤아는 오랜만에 즐거운 시간을 함께 보냈다. 아프고, 친구와 헤어지고, 시험을 망쳐도 우리에게는 여전히 웃을 거리가 있고 할 이야기가 많았다.

7

 자다가 눈을 떴다. 요즘은 밤중에 깨는 일이 없는데 무슨 일인가 어리둥절했다. 방문 틈으로 밝은 빛이 들어와 거실로 나갔다. 엄마의 퇴근 시간이었다. 며칠째 엄마와 만나지 못했다. 기말고사 공부에 정신이 없었고, 엄마는 미용실 보수 공사로 바빴다.
 텔레비전 화면은 활성화 중이었다. 평소보다 시간이 걸려 의아해하고 있을 때 엄마가 도착했다. 그런데 엄마 뒤로 다른 사람 한 명이 더 나오는 것이었다.
 "아악!"
 너무 놀라 나도 모르게 소리를 질렀다.
 "으악!"
 엄마를 따라온 사람도 나를 보고 고함을 치며 뒤로 물러났다.
 "누, 누구야?"

내가 그 사람을 가리키며 엄마에게 물었다.

"미안해. 예고 없이 사람을 데려와서. 자는 줄 알았어. 요즘 안 깨고 잘 자더니 웬일로 깼어."

엄마가 먼저 사과했고, 따라온 사람도 빨개진 얼굴로 연신 미안하다고 했다. 놀라긴 했지만 너무 과하게 반응한 것 같아 나도 미안했다. 엄마랑 같이 왔다면 침입자보다는 손님에 가까웠다.

셋이 적당히 떨어져 앉았다. 그런데 그 사람의 팔과 목에 용과 호랑이, 독수리 등 다양한 문신이 새겨져 있었다. 그려진 동물이 얼마나 사실적이고 입체적인지 마치 살아 있는 동물과 함께 있는 것 같았다. 내 눈빛을 보고 그 사람이 팔을 뒤로 감췄다. 이전에도 문신을 본 적이 있지만 몸 전체를 덮은 화려한 문신은 처음이었다. 꽤 어울리긴 했다.

"다른 세계에서 온 손님이야. 꼭 한번 만나고 싶은 사람이 있다고 해서 같이 왔어."

엄마가 손님을 소개했다.

"누구를 만나려고요?"

손님에게 물었다.

"나 자신이요."

"아!"

다른 세계에 사는 자신을 보러 온 사연이 궁금했는데, 손님은 내가 묻기도 전에 술술 털어놓았다. 그 세계에서 큰 잘못을 저질렀다고 했다. 자수하기 전에 다른 세계에 사는 자신을 만나 부탁하고 싶은 말이 있다는 것이었다. 큰 잘못이 뭘까 궁금했다. 혹시 죄를 짓고 우리 세계로 도망치려는 건 아닐까 의심이 생겼다. 아무나 쉽게 믿는 엄마가 위험에 처할까 염려되기도 했다.

"미영 같은 좋은 코디네이터를 만나서 기회를 얻었어요."

손님이 눈물을 글썽이며 말했다. 엄마는 요즘 멀티버스 코디네이터 일도 하고 있었다. 사정이 있어 세계를 넘어야 하는 이들을 다양한 세계로 연결해 주는 일이라고 했다.

"미영은 저처럼 정식 아이디를 낼 수 없는 사람들에게 비상 아이디를 빌려주고 이동 비용도 후원해 줘요. 정말 멋진 분이에요."

세계를 넘나들며 멀티버스 탐색가와 헤어 디자이너로 사는 것도 고단할 텐데, 멀티버스 코디네이터라는 새로운 일을 시작하고 사정이 어려운 사람들을 돕는다니. 엄마는 매번 내 예상을 뛰어넘었고, 계속해서 진화했다.

"미영과 당신에게 피해를 주는 일은 없을 거예요. 이 세계의 나를 만나 나처럼 살지 말라고 부탁하고 싶어요. 연약한 사람을 도우며 살라고 말해 주고 싶어요. 미영처럼요."

"만나서 반가워요. 우리 세계에 온 걸 환영합니다."

나는 멀티버스 코디테이터의 딸답게 이방인을 환영해 주었다.

그 후로도 엄마는 낯선 사람을 가끔 집에 데려왔다. 우리 집에 온 손님 대부분은 자기 세계에서 환영받지 못한 사람들이었다.

엄마는 그런 사람을 발견하고 돕는 데 재능이 있었다. 엄마의 상처와 외로움은 독으로 남지 않고, 자신과 비슷한 사람을 찾아내는 섬세한 촉이 되었다. 우리 집은 여러 세계에서 온 사람들의 환승역이자 쉼터가 되었고, 나는 발 넓은 엄마 덕분에 한 세계에 머물면서도 여러 세계의 사람을 만나는 복을 누렸다. 내 세계는 저절로 넓어졌고, 나를 둘러싼 경계와 울타리는 점점 낮아졌다.

주말 저녁 엄마와 함께 집 밖으로 나갔다. 가끔 밖에서 밥을 먹기로 약속했기 때문이다. 엄마의 이중생활을 인정하는 대신 내가 내민 조건이었다. 처음에는 어색해하던 엄마도 이젠 제법 우리 세계를 즐긴다. 모르는 사람을 봐도 떨지 않고 자연스럽게 대화를 나눈다. 엄마와 같이 다니면 둘이 무슨 사이냐고 물어보는 사람이 꼭 있는데, 모녀 사이라고 하면 대체로 놀란다. 엄마가 너무 젊다고, 둘이 친구 같다고 한다. 엄마는 이제 그런 반응을 싫어하지 않는 눈치다. 어린 엄마일 때는 짐이었던 말이, 젊은 엄마에게는 자랑이 된다.

"엄마는 내 나이에 어떻게 나를 선택했어?"

내가 물었다.

"주관이나 소신이 있어서 내린 선택은 아니야. 너도 알지만 내가 그런 사람은 아니잖아. 그냥 너를 만나고 싶었어. 소중한 존재가 왔다는 느낌이 들었거든."

"느낌이 정확했네."

"맞아. 내 인생에서 제일 잘한 선택이 너야. 하지만 낳기만 하고 잘 감당하진 못했지. 그게 내 한계야. 미안해."

엄마와 내가 이런 이야기를 스스럼없이 한다는 게 기적처럼 느껴졌다. 상처를 나눌 수 있다는 건 우리 둘 다 거기에서 어느 정도 벗어났다는 증거였다.

"준은 잘 지내?"

내가 물으니 엄마가 한쪽 눈을 찡긋했다.

"왜? 헤어졌어?"

"그럴 리가. 우린 처음보다 더 사랑해. 희진아, 너도 빨리 사랑을 해. 사랑은 참 좋은 거야."

"하하하. 알았어."

엄마를 잘 안다고 생각했다. 엄마는 똑똑하지 못한 사람이고, 움직이지 않는 사람이며, 지난 상처에 머물러 있는 사람이라고. 하지만 그건 엄마의 모습 중 일부였고, 그마저도 철저히 내 기준에서였다. 엄마는 내가 아는 것과 다른 사람이었고, 엄마의 세계는 내 세계보다 넓었다.

한 사람이 어떻게 두 세계를 사느냐고, 그건 두 세계 모두를 기만하는 거라고 따진 적이 있다. 오롯이 하나에 집중하는 것이 진정한 삶이며 사랑이라 믿었다. 앞으로도 나는 한 세계에 살며 하나에 집중하는 삶을 택할 것이다. 하지만 엄마처럼 살 수도 있음을, 여러 세계를 동시에 사랑할 수도 있음을 인정한다. 피곤에 지처 쓰러져 있는 엄마를 보면, 다시 한번 붙들고 싶은 욕망이 인다. 텔레비전 너머의 엄마가 걱정스러워 잠 못 드는 날도 있다. 하지만 엄마의 세계를 함부로 침범하거나 설득하지 않을 것이다.

엄마가 다른 세계로 완전히 이주할 때가 올지도 모르겠다. 나보다 준과 더 가까운 사이가 될 수도 있다. 그때가 오면 엄마를 기꺼이 그 세계로 보내 줄 것이다. 나는 엄마에게, 엄마는 나에게 유일한 세계가 아니기 때문이다. 우리는 각자의 세계를 살아가며, 잠시 중요한 세계를 공유할 뿐이다. 인생의 어느 순간 제갈미영의 중요한 세계이자 딸이었던 것에 감사한다. 하지만 나는 누구의 세계나 딸이 아닌 오롯한 나이며, 언젠가는 엄마를 떠나 나만의 세계로 힘써 날아갈 것이다.

작
가
의
말

　한 번에 하나의 인생만 사는 건 아쉽고 억울하다 생각한 적이 있다.
　내 인생에 불만이 많았는지, 다른 인생이 궁금했는지, 아니면 한 인생만 살기에 시간과 에너지가 남아돈다 느꼈는지, 정확한 이유는 기억나지 않는다.
　아무튼 나는 다른 기회를 꿈꿨다.
　우리 인생은 견고하지 않다. 쉽게 망할 수 있다. 뭔가를 대단히 잘못해서 그러기도 하나, 작은 실수나 무지, 나쁜 운 탓일 때도 있다. 그럼에도 한번 망한 인생은 돌이키기 쉽지 않다. 인생은 매정하고 가혹하다. 불굴의 의지로 실패를 딛고 일어서는 사람들이 있지만, 그들의 이야기가 인기 있는 건 그만큼 과정이 어렵고 사례가 귀하기 때문이다.

이번 생은 망한 건가, 무너져 있는 순간 어딘가에서 새로운 선택지가 열리면 좋겠다. 확률이 낮은 경우의 수, 희박한 가능성이라도 해도 그런 희망을 포기하고 싶지 않다.

　어느 날 텔레비전이나 컴퓨터가 낯선 빛을 내뿜 흔들린다면, 나는 기꺼이 그 안으로 뛰어들겠다. 그 빛이 아무리 희미하고 근거가 빈약해도 주저할 이유가 없다.

　열린 길을 왜 마다하는가.

　당신도 나와 함께 뛰어들었으면 좋겠다. 그 길 끝에 우리는 처음과 다른 사람이 되어 있을 것이다.

2024년 가을

전수경

창비청소년문학 129
채널명은 비밀입니다

초판 1쇄 발행 | 2024년 9월 20일

지은이 | 전수경
펴낸이 | 염종선
책임편집 | 김준성 정편집실
조판 | 황숙화
펴낸곳 | (주)창비
등록 | 1986년 8월 5일 제85호
주소 | 10881 경기도 파주시 회동길 184
전화 | 031-955-3333
팩스 | 영업 031-955-3399 편집 031-955-3400
홈페이지 | www.changbi.com
전자우편 | ya@changbi.com

ⓒ 전수경 2024
ISBN 978-89-364-5729-7 43810

* 이 책 내용의 전부 또는 일부를 재사용하려면
  반드시 저작권자와 창비 양측의 동의를 받아야 합니다.
* 책값은 뒤표지에 표시되어 있습니다.